# 私好みの貴方でございます。

*Orie & Shoutaro*

藤谷郁

*Iku Fujitani*

Eternity

EB

エタニティ文庫

# 目次

# 私好みの貴方《あなた》でございます。

十一月五日、月曜日――

二十四歳の誕生日に、花嫁修業をするよう母親に命じられました。

……今時、時代錯誤《さくご》な話だと思いませんか？

私、野々宮織江《ののみやおりえ》。

とある企業の地方支店に勤める、ただの会社員。

特に良いところのお嬢様とかそんなのではない、ごく普通のどこにでもいる平凡な女子である。少なくとも自分ではそう思っている。けれど母親からすると〝平凡な女子〟というだけでは物足りないらしい。

「お母さんがあなたの年の頃にはね、とうに結婚して、お姉ちゃんを産んでいました。そのお姉ちゃんだって――」

いつもの小言。この流れで姉を引き合いに出すのもまた、いつものことだった。

姉の陽子《ようこ》はご近所でも有名な才色兼備《さいしょくけんび》。国立四大卒業後は一流企業に就職し、充実した社会人生活を満喫した後、エリート社員と結婚するのではないか。誰もがそう予想していたのだが、意外や意外、在学中から付き合っていた三歳年上の恋人にプロポーズをされるとあっさり結婚してしまった。

それが二年前の春のこと。私とは年子《としご》だから、当時姉は二十二歳。こうして彼女は若き花嫁となったのだ。

現在は旦那様の実家近くに建つ高級マンションに暮らし、専業主婦として日々を謳歌《おうか》している。

当初姉が一流企業に勤めることを期待していた母だったが、最終目標である〝幸せな結婚〟が少し早まっただけで結果的には自分の理想どおりだと、今では手放しで喜んでいる。

「お姉ちゃんの旦那様は、海外出張も多い一流商社にお勤めだから、伴侶《はんりょ》のサポートが必要なのよ。それにお給料がいいから、奥さんがあくせく働く必要なんてないしね」

ホホホ……と、勝ち誇ったように高笑いをする。

まるで、姉の暮らしが安泰《あんたい》なのは自分の手柄だとでも言わんばかりの態度であるが、実際それを目指して育ててきたのだから、そう言えないこともない。

女の幸せは夫となる男の甲斐性《かいしょう》で決まるのよ、と口癖のように言ってきた母は、姉や私が物心つく前からずーっと働き続けている。私は最近まで共稼ぎは好きでやっていることだと勘違いしていたのだが、実は父の薄給《はっきゅう》を補うために仕方なく、だったらしい。いつも元気に動き回る母はいきいきとして見えたのだが、本心は違っていたということなのだろうか。

「家でのんびりしたかったわよ。働いて家事やって子育てして……どれだけ大変なことか考えてごらん。いい？　お姉ちゃんは持って生まれた器量《きりょう》と自分磨《みが》きで、今の幸せを勝ち取った。あんたはこれといった特技も無いし、一年中春みたいにぼーっとしてるんだから、若いうちに教養を身につけてレベルの高い男をゲットするしか幸せになる道はないのよ。なんといっても、二十四歳っていうのは、女性の結婚適齢期最後の年なんですからね」

今時そんなことを信じている母に頭痛を覚える。だって、周囲の同年代を見渡せば男も女も独身ばかり。それが普通で、現代の常識なのだ。

だが、思い込みの強い母にそんな正論は通じない。

私は無駄な反論はせず、いつもの小言をいつものごとく聞き流そうとしたが、母の言葉はまだ終わらなかった。

「そこで、まずは女性のたしなみの基本、お茶とお花から。お母さんの古いお友達の……えっと、ご親戚《しんせき》の方が、茶華道《さかどう》のお教室を開いてるから、すぐに行ってご挨拶してきなさい」

「は？」

いきなり何を言いだすのだろう。ぽかんと見返す私に、母の大真面目《おおまじめ》な顔が迫る。

「夜の十時に娘がお伺《うかが》いしますと、約束してあります」

月初めの月曜日。時計を見れば九時二十分。

残業して帰ったばかりで、疲れてるんですけど。

明日はいつものように、朝七時に出勤するんですけど。

というか、そもそも夜の十時に伺うなんて、非常識では？

そんな言葉がぐるぐると頭の中を巡ったが、口からは何の言葉もでてこなかった。とりあえず、ぼーっとしたまま、目の前の夕飯をぼそぼそと食べ始める。

「ほら、桃田《ももた》町二丁目の光明寺《こうみょうじ》っていうお寺さんの前に、古いお屋敷があるでしょう。あのお屋敷のご主人が織江の先生になってくださる浦島章太郎《うらしましょうたろう》さん。あちこちの会社やお店に土地を貸してる地主さんで、ええとあとは……ふ、ふぉ？　何とかっていう街の一等地の喫茶店だかレストランだかを経営する、やり手の経営者でもあるんですって」

母の目がキラキラしてきた。〝やり手〟〝経営者〟という言葉は、彼女の大好物である。

「その上、京都に宗家《そうけ》のある有名な茶道流派で、準教授の許状《きょじょう》を得られた師範《しはん》でもいらっしゃるのよ。その浦島先生が、毎週木曜日の夜八時から十時まで、茶華道を稽古してくださるそうなの」

「はあ……」

桃田町というのは、私が小学三年生まで住んでいた町で、ここからそれほど遠くない。車なら十五分ほどの距離である。母は知人が多いこともあり、よく行く場所だ。この前も、『秋の農業祭』という毎年の行事に誘われ出かけていた。ちなみに私もその時、運転手を兼ねて付き合わされている。

きっと、その友達関係の伝手《つて》だろうが、それにしても藪《やぶ》から棒《ぼう》な話だと思う。

「でも、今からなんて失礼じゃないの……」

「だから、夜は十時までお教室を開いてるから大丈夫なのっ」

ささやかな抵抗は、大きな声に一蹴《いっしゅう》される。今日の母は、いつにもまして迫力たっぷりで、鼻息も荒いような気がする。

急な話に未だ思考はついていかないが、この状態の母に何を言っても無駄《むだ》だろう。

「さあ、約束してあるんだから、ちゃんと行ってちょうだい。遅れるほうが失礼よ！」

とりあえず抵抗を諦めて、急かされるままに夕飯を口にかき込み、出かけるための準備をした。歯を磨《みが》いて化粧直しをし、ふわふわしたショートボブをきちんと梳《と》かして、用意してあったお出かけ用のワンピースに着替えさせられる。

「なんか、変だな」

ここで首を傾《かし》げるが、早く早くという母の煽《あお》りに違和感もかき消されてしまう。

「安物のナイロン靴なんて駄目よ。ほら、きれいに磨いておいたからこれを履いて行ってちょうだい」

母が玄関に揃《そろ》えたのは、入社式以来靴箱に放置してあった革のパンプスである。確かにこの服には釣り合うけれど、わざわざ磨いてくれるなんてどういうことだろう。

玄関の外まで見送りに出て来た母に、箔押《はくお》しされた富有柿《ふゆうがき》を持たされる。ずしりと重いそれを手土産《てみやげ》に『浦島先生』のところへ向かうこととなった。

母親の急かし振りと用意周到さに、再び首を傾げる私。

車に乗って桃田町二丁目を目指しながら、母の言葉をあらためて考えてみる。

「えーと、木曜日の夜の八時から十時まで、その〝やり手経営者〟である浦島章太郎先生が教えてくださる、お茶とお花を、か」

二丁目の光明寺の前にあるお屋敷は知っている。

広い敷地をぐるりと囲む塀《へい》は古く、ところどころ穴が開いていた。全体的に古びた様子が不気味で、子供心にお化け屋敷のようだと思っていた。母のお使いか何かで前をとおりかかった時、穴のひとつに首を突っ込み、中を覗《のぞ》いてみたことがある。子供ならではの好奇心というやつだ。

『やっぱり、人が住んでたのかー』

と、驚いた記憶がある。

その屋敷に挨拶に行くことになろうとは。しかも、これまで考えてもみなかった茶華《さか》道《どう》の入門である。

「お化け屋敷に住んでる人に習うなんて……」

どういうご縁なのか知らないが、ちょっと遠慮したい気分になってきた。

それに、勢いに押されてここまで来てしまったが、やっぱり何か変だと思うし、納得がいかない。

母は、姉が早くに結婚してエリートの奥様におさまったのがよほど嬉しいらしく、私にもあんな結婚をさせたがっている。でも私にとって結婚が最上の道だとどうして分かるのだろう。

確かに、私は特技も無いし、男の人との交際だって未経験に等しい。だからといって、『教養を身につけてレベルの高い男をゲットしろ』なんて、いきなり命令されるのは釈然《しゃくぜん》としない。

(誰かに変なことを吹き込まれたのでは?)

辿り着いた答えはそれだった。

と同時に、運転してきた軽自動車も、浦島家屋敷前に辿《たど》り着いてしまった。

「とにかく、絶対、変だよね」

月明かりも頼りない闇の中、高木の梢《こずえ》が秋風に揺れ、散った枯葉がはらはらとフロントガラスに舞い降りる。嫌な予感に苛《さい》まれながら屋敷の裏手に車を回すと、空き地然としたスペースに複数の自家用車がとめてあった。

入り口脇に立つ朽《く》ちかけた木札に『浦島茶華道教室駐車場』と筆書きされている。小学生の時に書道を習っていたので、私にも少しは分かる。これはなかなかの達筆だ。

何度かハンドルを切り返しながら手前の一番隅っこにバック駐車をし、ハンドブレーキをぐっと引っ張ってからしばし考えてみる。

やっぱり何か企《たくら》んでいるに違いない――というのが結論だった。

車を降り塀《へい》に沿って歩いて、屋敷の正面側に戻った。ところどころ穴が開いた塀は相変わらずで、修繕された様子はない。しかし街灯のもとではそんなあらも目立たず、大きな屋敷にふさわしい立派な外構えに見える。

闇に浮かび上がる門の大きさに少し怯《ひる》んだが、思い切ってくぐった。

腕時計を見ると、約束の十時まであと二、三分ほどだ。母が勝手に取り付けた約束ではあるが、相手が待っているのならば遅れてはいけない。それは社会人として最低限のルール。

だが、さすがの私もだんだんと腹が立ってきた。こんなやり方はあまりにも人を馬鹿にしている。疲れて帰宅した娘に問答無用《もんどうむよう》でご挨拶に行け、茶華道を始めろ、だなんて。

母に逆らうのは気が重いが、ここでバシッと自分の意思を示さねばと心に決めた。

門の先には石造りの階段が二段あり、そこから飛び石のアプローチが家屋へと続いていた。

母屋《おもや》の玄関横に電灯が点《とも》っているもののその光は弱く、玄関全体は薄暗い。

広い庭には外灯も無く、縁側《えんがわ》からもれる灯りが伸びっぱなしの枯れ草を照らしている。

こちらも相変わらず手入れがされていない様子だ。

(こんなだらしないことで、お茶やお花を教えられるのかしら)

不信感をつのらせながら呼び鈴を押す。暫《しばら》くして奥から足音が聞こえてきた。その足音は複数で、女性の笑いさざめく声も混じっている。

がらりと、勢いよく引き戸が開け放された。

「おっ、こんばんは」

張りのある声に驚いて思わずぱっと見上げると、背の高い、スポーツ選手のように体格のいい男性が立ちはだかっていた。グレーの着物に紺の帯を締めている。

(この人が、浦島章太郎先生?)

茶華道《さかどう》の先生というからにはもっと年配で、なぜか華奢《きゃしゃ》で小柄というイメージを抱いていたから、ちょっとびっくりした。

さらにびっくりしたのは、彼と一緒に出て来た三人の女性にあっという間に取り囲まれたことだった。

「あらあ、この方が？」

「随分《ずいぶん》と若いコじゃないか。へえ、隅に置けないね、先生も」

「よかった、よかった。これで大先生もようやく極楽往生《ごくらくおうじょう》を遂《と》げなさる」

薄暗くてはっきりとしないが、どうやら皆、中高年の女性である。それぞれがビニールで巻かれた生花《せいか》を手にしている。教室の生徒さんのようである。先生と呼ばれた大男は照れくさそうに頭をかいて、「まいったなあ、いやあ本当に来てくれたんだ」などと、嬉しそうに笑っている。

（なんなんだろう、この人は。どういうことなんだろう）

わけが分からずきょろきょろするばかりであるが、とにかくこの男性が〝浦島先生〟なのは間違いないようだ。

「それじゃあね、先生。おじゃま虫はこの辺で失礼するよ」

中央に立っている六十歳くらいの女性が、浦島先生の頑丈《がんじょう》そうな肩をぺしっと叩いて玄関を出て行った。

「ありがたい、ありがたい。なにとぞよろしくお願い申し上げまする」

次に、ほぼ九十度に腰が曲がった老婦人が、額《ひたい》が地面に着きそうなほど深々とお辞儀《じぎ》をするので、私も慌てて頭を下げた。どういう訳か、なむなむと念仏を唱えながら私に手を合わせている。

「頑張ってねえ、楽しみにしておりますわん、ご結婚」

最後に、三人の中では最も若いと見られる中年女性が、意味ありげにニヤリと笑ってそう言い残し、老婦人とともに歩み去って行った。

賑《にぎ》やかさが消え、暗く荒れた庭に秋の虫が鳴き始める。しばらく呆然《ぼうぜん》と見送っていたが、徐々《じょじょ》に意識が戻ってきた。

「え……えっ？」

振り向くと、浦島先生が玄関の奥へ腕を広げ、身体にふさわしい大きな声で言ったのだ。

「さあ、上がってください、織江さん」

（今、名前を呼んだ？　それも、苗字ではなく下の名前を。じゃなくって、その前にとんでもないことを聞いたような）

あらためて、目の前の男性を眺めた。嬉しそうににこにこして、私を見下ろしている。

（この人は、誰？）

あまりの愛想《あいそ》の良さに、もしかしたら自分の知っている人だろうかと急いで記憶の中の人物ファイルを検索する。が、どこにも見当たらない。玄関の灯りに照らされた顔と姿を凝視《ぎょうし》しても分からない。こんな彫りの深い、西洋人のように高い鼻梁《びりょう》を持った美《び》丈夫《じょうぶ》は知り合いにはいない。

絶対に、初対面のはずである。

「あ、あなたは誰ですか。一体これは、どういうことなんですか？」

うわずった声で質問すると、先生はぽかんとして広げていた腕を下げた。そして逆に訊《き》いてきた。

「分からない？」

こくこくと頷《うなず》いた。全く、分からなかった。

「そういうことかあ」

がっかりしたように言われても、私にはサッパリである。

「私はただ、お茶とお花を習いなさいと母に言われてご挨拶に来たのです。母の古い知り合いの方からのご縁だと紹介されて、あなたは、その、浦島先生だと聞いています」

「うん、俺は浦島章太郎。週に一度、茶華道《さかどう》の教室をここで開いているが、他の日も出張講師や何かで忙しい。ちなみに年齢は三十二歳。これも知らない？」

はきはきとした喋《しゃべ》り口調は真面目《まじめ》そうであり、私はびくびくしながらも素直に答える。

「はい。あ、でも、先生は地主さんでお店の経営者だというお話も聞いています。それと木曜日の夜に教室を開いているとも」

「木曜日？」

怪訝《けげん》な顔にハッとする。

「あ、今日って……」

「月曜日だよ。他の曜日に教室は開いていない」

そうだ、今日は月曜日だ。なんで木曜日じゃないのにご挨拶に送り出されたのか不思議に思うべきだった。こんな単純なことに、どうして気付かなかったのだろう。

いや、それよりも、そんなことよりも――

「さ、さっきの人が言ってた、ごっ、ご結婚って、どういう……」

「あー、いい。大体分かったよ」

夜のしじまに響く声に遮《さえぎ》られ、びくっと身体を震わせた。

(怒ったのかな?　でも、私が悪いんじゃないのに)

「ほら、そんな重そうなものぶら下げてないで」

「きゃっ」

いきなり、手にしていたお土産《みやげ》の富有柿《ふゆうがき》を取り上げられた。と言うより、有無を言わせぬ早業《はやわざ》で奪い取られたのだ。

「な、なにを」

「せっかく来たんだ。まあ、話だけでも聞いて行きなさい」

「はあ?　いえ、私は帰ります。もう、帰りますから!」

玄関の奥に続く廊下はシンとして薄暗く、他に人がいる気配は無い。冗談ではないと思い、私は必死に頭を振った。

「こいつは俺の好物だ。織江さん。ひとつ剥《む》いてくれないか。そうしたら、帰してやる」

彼は富有柿の箱を高々と掲げ、その反対の手で私の腕をつかんだ。着物の袖から伸びる腕は日に焼けていて、手首は太く、恐ろしく頑丈《がんじょう》そうに見える。

「ちょ、ちょっと待ってくださ……」

「遠慮しなくてもいいよ、この屋敷には俺しかいない」

(だから困るんです！)

玄関の中に引きずり込まれた。ものすごい力だった。

「やめてください。離してくださいっ」

必死にもがいてもびくともしない。それどころか、ますます彼の力は強くなる。

「だから、一緒に食おう。食って、話を聞いてくれたら何もしないで帰してやると言ってる。どうだ、ここで逆らってるのとどっちが良い？」

はあはあと、息を荒らげながら彼の一方的な提案を聞いた。せっかく直した化粧も髪も乱れ、目尻には涙さえ浮かんでいる。

(どうしてこうなるの？)

自分を捕まえている見知らぬ男よりも、こんなところに私を寄越した母を、ひたすらに恨んだ。

「ほんとうに、何もしない？」

気弱な諦めの言葉に、彼はふっと力を緩め、表情もやわらげた。

「ああ、約束するよ」

腕をそっと離し、彼はくるりと背を向ける。さっきまでの激しさとは打って変わった静かな口調と、あっさり解放されたことに私は戸惑う。つかまれた部分はじーんと痺《しび》れているのに。

浦島先生は上《あが》り框《かまち》に足をかけて家に上がり、さっさと歩いて行く。そして廊下の途中でぴたりと止まると、玄関で立ちすくんだままの私を振り返り、もう一度富有柿《ふゆうがき》の箱を高く掲げた。

「おいで織江。早く食いたい」

逃げようと思えば逃げられるのに。

見えない縄に捕らわれたみたいに、後について行った。

廊下から一間置いた奥の座敷に通された私は、少し待っているように言われて畳の上に正座した。

先生が出て行き襖《ふすま》を閉めてから、それとなく室内を見回してみた。

座敷は、屋敷周りの荒れようからは考えられない、きちんと片付けられた清浄《せいじょう》な仏間だった。ぴかぴかに磨《みが》かれた立派な仏壇《ぶつだん》には線香が焚《た》かれ、花もきれいに供えられている。豪快な外見のあの人の手によるものとは思えない、細《こま》やかな心遣いだ。

鴨居《かもい》には、上品な面差《おもざ》しをした着物姿の男女の遺影が飾られていた。立ち上がって見上げ、彼の祖父母だろうかと推測する。仏壇の前に座ると、手を合わせて「おじゃま致します」と挨拶をした。

なんとなくそうしたのだが、部屋に入ってきた先生は驚いたように目をみはり、なぜか嬉しそうに笑った。

「さて、剥《む》いてもらおうかな」

座卓の脇に戻り再び正座した私の目の前に、富有柿がひとつと果物ナイフに布巾《ふきん》、お皿とフォークを載《の》せたお盆が置かれた。

濡れ布巾で手を拭《ぬぐ》うように言われて、丁寧に指一本一本の脂《あぶら》を取り去り気持ちを落ちつかせる。緊張で全身脂汗《あぶらあせ》をかいている。

「先月末の農業祭に、お母上と一緒に来てただろう。俺も会場が近所なものだからあの日、散歩がてら、ぶらぶらと出かけてたんだよ。そこで、君を見かけたんだ」

柿を剥《む》く私の手元に注目しながら、浦島章太郎三十二歳独身はにこにこ……いや、にやにや顔で話し始めた。

「今年の品評会で金賞を取った白菜の前で、ぼーっとしている君が、なんていうかこう、ね、どうにも可愛いってね。平たく言えばひと目惚れってやつだ。でも、いきなり嫁さんになってくれなんていくら俺でも恥ずかしくって言えないからねえ。どうしようかと迷っていたら、君のお母さんと連れ立って歩いているのが俺の知ってる人じゃないか。彼女、三船《みふね》さんは俺の教室の生徒さんで、しかも君のお母さんとは仲が良さそうだ。これは天の導きだと喜んで、その日のうちに三船さんに連絡して、紹介してほしいと頼んだのさ。もし白菜の彼女が独身で俺の申し出に応えてくれるなら、花嫁修業をかねて茶《さ》華《か》を習いに来るよう取り計らってくれないかと。どうだ？　これで話は見えただろう」

そうだったのかと、ようやくこの状況を理解したが、にわかに信じられる話ではなかった。理解をしても、納得ができない。

だって彼は、驚くようなことを言ってのけたのだから。

私に、ひと目惚れした？　それから、嫁さんになってくれ!?

動揺でナイフの運びが乱れてしまう。彼のにやにやはそれを楽しんでいるからだろうか。

震える手でナイフを置くと、切り分けた柿を器《うつわ》に並べた。

「お待たせ致しました」

座卓を挟んで正面に座っている浦島先生の前におずおずと差し出す。先生は、着物の袖に互い違いに突っ込んでいた両腕を抜いて、すっと手を合わせた。

「いただきます！」

よく通る声で挨拶すると、果実にフォークをさくっと刺して口に含んだ。

「ん、んん〜」

感に堪《た》えないといった唸《うな》り声をもらし、それから私にフォークの持ち手を向けた。

「君も食べてみろ。実に美味《うま》い」

「え、あ、はい」

同じフォークで？　と、訊《き》く間もなく持たされる。仕方なく同じように果実を刺して、かりりとかじった。彼はじっと見守っている。

「美味いだろう」

「はい、美味《おい》しいです」

この富有柿《ふゆうがき》は、母が岐阜《ぎふ》の親戚《しんせき》に送ってもらったものだ。柿の選果場《せんかじょう》に勤める伯父がいるので、贈答用にと毎年取り寄せている。

「俺の好物をお土産《みやげ》にしてくださるとは、織江のお母さんは俺のことを気に入ってくれてるんだな」

——先生の好物？

嬉しそうに笑う彼に、確信した。

やはり、母は企《たくら》んでいたのだ。

三船さんのことはよく知っている。いわゆるお見合いおばさんと呼ばれる顔の広い女性だ。見合いをいくつも成功させて、仲人《なこうど》をしているという。いずれあんたもお世話になりそうねと母が冗談交じりに言っていたが、そんなのはもっと先の話だろうと聞き流していた。

『お見合い成功率は百パーセント、離婚率はゼロパーセント。人間を見る目が確かな証拠だわ』

母が言うには、三船さんが取り持つ夫婦は結婚後も仲がよく、恋人同士のようにラブラブモードだそうだ。ちなみにそういった現象を見合い恋愛と言うらしい。

実際のところ、彼女のお見合いおばさんとしての手腕はプロ級のようである。

それに、母が手放しで誰かを褒めたり感心するなど滅多にないことだ。他人に対して愛想はいいが、付き合いには慎重なタイプである。その母にそこまで言わせるとは、確かに三船さんは取り持ち役として信頼の置ける人なのだ。

ようやく私は、今の状況を理解することができた。

おそらく母は、見合いの達人である三船さんに、あれこれ吹き込まれたのだろう。そうでなければ、こんな夜遅くに見知らぬ独身男性のもとへいきなり娘を行かせるなんてするはずがない。

これが違和感の原因だったのだ。

言い方は悪いが、いくら信頼できる人とはいえ、こんなやり方は全くのだまし討ちである。

「俺はてっきり、織江がすべて承知で来てくれたんだと思って、天にも昇る気持ちになったんだけどなあ。どうしてお母さんは、だまし討ちみたいなやり方で君を寄越したのかな」

咀嚼《そしゃく》中の柿を吹き出しそうになった。

私の心を読んだかのようなセリフ。だが、これで少し緊張が解けた気もする。

「なあ、織江。どう思う」

織江、織江と、当然のごとく呼び捨てにする男性を、あらためて観察した。

活発で遠慮がなく、屈託《くったく》のない朗《ほが》らかさ。私の母はこういったタイプの人に好感を持つ。でも、私はどちらかというと、物静かで優しい、穏やかな男性が好きである。母もそれは分かっているのだろう。だから、とにかくいきなり会わせるという乱暴な方法を取ったのだ。

（勢いに押されて来たけれど、こんなのは絶対に困る。きちんとお断りさせていただこう）

ふと座卓の向こうから私をしげしげと見つめている彼と目が合い、どきーんとする。けれどビビッている場合ではない。私はもう二十四歳で、大人で、いっぱしに仕事をしている社会人なんだから。

（いや、いっぱしというのは言いすぎ……いやいや大丈夫、頑張れ織江！）

居住まいを直すと、まさにだまし討ちにあった経緯を順番に説明した。

それから、やんわりとだが、あなたのようなタイプは特に好みではないと伝えるのを忘れなかった。

「……ふうん、そう」

正直なところを語った私に、浦島先生は鼻白んだ顔。

無理もない。ひと目惚《めぼ》れをした相手に、好みではないと返されたのだから。もっとも、彼の言った『ひと目惚れ』を私は信じきれていないのだけれど。

「すみません」

「……」

脂汗《あぶらあせ》が再び滲《にじ》んでくるが、言うべきことは言った。

柿も剥《む》いてあげて、一緒に食べた。話も聞いた。これでもう解放してくれるだろう、約束どおり。

「そんなわけで、私は失礼させていただきます。あの、ごちそう様でした」

畳に指をついて挨拶をし、そそくさと立ち上がる私を、彼は黙って目で追ってくる。

すっかりその気になっている人を袖にするのは心苦しい。だがしかし、私にひと目惚れするなど、ましてや嫁にしたいなんてことは、やはり信じられないのだ。

だって、白菜を前にぼーっとしているような女性を好きになるなんて、そんなこと有り得ない……っていうか絶対に無い。

私はあの時、色、形、味ともに素晴らしいと評価された金賞の白菜に、美味《おい》しそうだなあ、鍋の材料に最高だなあと、よだれを垂らさんばかりに見惚《みと》れていただけだ。

そんな私が可愛《かわい》いなんて、ばかげてるでしょ。

これでいいのだ。私はなにも間違っていないし、さっさと出て行けばこの話は終わりである。最初からなかったことに、なる。

急ごう——

「ちょっと待て！」

座敷を出ようとして引き戸に指をかけたところに、大きな声が飛んだ。ただでさえ逃げ腰の私は縮《ちぢ》み上がる。

「は、い？」

そーっと振り返ると、彼は立ち上がっていた。

声にならない悲鳴を上げる。

その姿は、まさに仁王立ち。仁王様のように逞《たくま》しく大きな身体が、さらに膨《ふく》れ上がっているようだ。

「織江」

静かに呼びかけると、彼は座卓を回りこみ、のし、のしと、近付いてきた。

（逃げなきゃ）

本能で危険を察知したけれど、膝ががくがくと震えるばかりで動けない。

とんでもなく恐ろしい存在が目の前に迫っている。

「な、な、なにを……なにっ」

何をするつもりですかと言おうとしても、ちゃんとした言葉にならない。

男は目の前に立つと、私を閉じたままの引き戸に押し付け、顔を寄せてきた。洋画に出てくる俳優のような、精悍《せいかん》で整った顔立ち。好きな人は好きだろうが、私にはひどく危険で凶暴で、傲慢《ごうまん》な面構《つらがま》えに映っている。

「もうね、入会金と年会費を納めてもらってる」

「……え？」

視線を極限まで接近させて、彼はにこりと笑みを作る。が、目は全く笑っていない。

心の底から怖いと思った。

「君のお母さんに、代理人として申込書に印をいただいている。いかなる理由があろうと、一年間契約を解除することは出来ない。逃げること能《あた》わずと明記されている」

「そっ、そんな」

そんな無茶な契約、あるわけが無い。通るわけは無い。無効だ、クーリングオフだ！

心で叫んでいるのに、ひとつも相手にぶつけられない。私は浦島章太郎の瞳の中で、囚《とら》われの身になっている。どうして、どうして動けないの？

「木曜日の夜八時から十時まで、特別に稽古をつけてやる。お母さんは策士《さくし》だな。俺、木曜日は比較的融通が利《き》くんだ。三船さんから聞いたんだろうが、そこまで考えているなんて、実に素晴らしい。もっとも織江のためなら何曜日だろうが、無理にでも時間を作るがね」

母と三船さんによって罠《わな》に追い込まれ、さらにその中ではこの男が待っていた。

「だって、そんなこと、私は……あっ」

いきなり顎《あご》をつかまれ、顔を上げられた。ごつくて大きな手に固定され、視線を動かすこともできない。

「ナイフの使い方が上手だった。指遣いもきれいだった」

鼻先が触れ、息がかかる。

「や、やめてくださ」

最後まで言わせず、唇を押し当ててきた。いや、かぶりつかれた。

「ん、んーっ」

（キス、私の、ファーストキス！）

鋼《はがね》の腕に腰を拘束され、舌が侵入してきても逃れられない。

中学時代に、男の子と付き合った経験はある。近所の同級生で優しい子だった。こんなこと絶対にしない、謙虚《けんきょ》で思いやりのある――

（こんな人、全然タイプじゃないっ！）

それなのに、どうして力が抜けていくの。

私、どうして逆らうのを止めてるの。

どうして、こんなに気持ちいい……の……

この家に、罠の中に足を踏み入れたのは私自身だとどこかで分かっているから、逆らえない。

――いや、逆らわなかった。

浦島先生はゆっくりと唇を離したが、その後も名残惜《なごり》しげに軽いキスを繰り返す。私はぼーっとしながら、柔らかな感触を彼と分け合った。

いい匂いがして、思考が麻痺《まひ》したみたいに何も考えられない。

「好みでないなら、好みにさせてやる」

甘く蕩《とろ》かすような、自信に満ちた囁《ささや》き。

私はその声を遠くに聞きながら、分厚い胸板に痺《しび》れる身体を支えられていた。

駐車場まで私を見送りに出た浦島先生は、にこにこと嬉しそうにしている。ひとつも悪びれず、車に乗り込んだ私を見下ろしている。

「な、何もしないという約束は……」

ようやく頭が回りはじめた私の口から出たのは、なんとも力ない声だった。それに対して、先生は軽く答えた。

「あんなのは約束の内に入らない、ほんの自己紹介だよ」

当然といった態度に、もしかしたら自分がお子様過ぎるのだろうかと思えてきた。気力も萎《な》え、それ以上何も言えない。

「木曜日には必ず来なさい。待ってるからな」

連絡が取れるようにと、スマートフォンの番号とメールアドレスを交換させられた。これで個人的な繋《つな》がりが出来てしまったと、気付いたのは少し後のこと。先生にとって鈍《にぶ》い私を捕まえるのなんて容易なのだ。

私は車のエンジンをかけると、何が起こったのかよく把握できないまま会釈《えしゃく》をしていた。

とりあえず、帰ることが出来て良かった。ハンドルを握りながら、心から安堵《あんど》していた。私は無事に脱出したのだ。

そう、一時は取って食われるかと思ったのに、キスのひとつやふたつ、それだけで済んで助かったと感謝しなければ……

感謝。

感謝？

感謝ぁ!?

誰に感謝をしろと!?

初めてだったのに。二十四年間、誰の唇に触れることもなく過ごしてきて、あんな──

あんな貪《むさぼ》り食らうようなディープキスを、あんな恐ろしい人に!!

だけど、真の問題は自分にあった。

あの家に足を踏み入れた時点で……

認めたくなくて、私は何も考えなくて済むよう夜道の運転に集中した。

「どうだった？　明るくていい人でしょう、浦島章太郎先生。案ずるより生むがやすしでね、あれこれぐちゃぐちゃ説明するより、会わせちゃったほうが早いと思ったのよ。気に入ったんでしょ、織江」

放心状態で家に辿《たど》り着いたのは午後十一時過ぎ。母は起きて待っていた。私の赤い顔を見て目論見《もくろみ》が大成功したと有頂天《うちょうてん》になっている。

「桃田町界隈でも評判の良い人でね、三船さんも太鼓判《たいこばん》を押してるんだよ。あれだけハンサムで、甲斐性《かいしょう》があって、その上独身だなんて奇跡的でしょ。そんな男性が、彼氏もいない、放っとけば一生結婚できそうにない、ぼおーっとしたあんたを気に入ってくれるなんて、本当にありがたいわよねえ。しかも茶華道《さかどう》の先生だなんて。お稽古に行けば花嫁修業とデートを兼ねられて、一石二鳥だわよ。お教室にはきちんと通いなさいね。お母さん、いくらでも協力したげるから、ねっ」

いつも手厳しい母親が、いやに優しくて不気味だった。囲い込まれつつある。というか、すでに囲まれている気がする。頑丈《がんじょう》な、鉄格子《てつごうし》の檻《おり》に。

何も言う気にならず、くたくたの身体のまま自分の部屋に移動する。疲れたというより、骨を抜かれたようにとろとろだった。

明日は七時に出勤だ。お風呂なんてもういい、寝よう。火曜日、水曜日……木曜日。

かあーっと熱くなる頬を、手のひらで覆う。

(どうしちゃったんだろう、私！)

お出かけ用のワンピースから、微《かす》かな移り香。

逆らわなかったことよりも、気持ちいいなんて感じてしまった事実に混乱した私は、ベッドに潜《もぐ》り込んで瞼《まぶた》をきつく閉じた。

◇◇◇

短大卒業後に就職した会社は、業務用コーヒー豆やコーヒー器具、その他コーヒー関連商品の販売を行う、株式会社トモミ珈琲《コーヒー》。東京に本社を置く企業で、私の勤務先は関東の南地域を担当する富永《とみなが》支店だ。

富永支店は市街地に近く、通勤時間帯には周辺の道路が渋滞するので、私は朝七時に家を出なければならない。隣町にあるにもかかわらず、自宅から車で一時間もかかるのだ。

小さな会社や商店が連なる通りに立つ社屋《しゃおく》は、倉庫、事務所、応接室や会議室などに分かれていて、私は二階の事務所で働いている。従業員は、支店長以下十名の男性営業部員と、二名の女性事務員という小さな職場だ。

そして、この女性比率の低さにもかかわらず、就職してからの四年間、私は誰とも噂にも何もなっていない。恋愛に積極的でないからというのもあるが、この私のぼーっとしたところが、血気盛んな営業マンには物足りなくて、食指が動かないのだろうと分析している。

同じ事務員の瀬戸加奈子《せとかなこ》さんは、七歳年上の既婚者だ。なんでも独身の頃は社内外問わずいろんな男性と付き合って、一番いいのを旦那に選んだのだそうだ。美人な上に仕事も速く、きびきびしている彼女だからこそ成せた業《わざ》だろう。

（男の人……か）

中学時代に付き合った彼は、特別だったのかなあと思う。一緒にいるとほんわかとして、穏やかな時間が過ごせる人だった。そういえば、彼もぼーっとしたタイプだったかもしれない。

「野々宮さん、聞いてる？」

苛立《いらだ》った声にビクッとして顔を上げた。

「は、はいっ、すみません。ちょっとぼんやりして」

三十代半ばの中堅どころの営業マン、伊藤《いとう》さんだった。仕事の出来る人で、富永支店では一番多くの店を担当している。

「しっかりしてくれよ。さっきから話しかけてるのに」

「すみません」

何か考えていると、ついつい手元が留守になってしまう。パソコンで見積書を作成していたのだが、その作業も止まっていた。

「カフェ・フォレストさんの納品書、まだ？」

「はいっ、ただいますぐに」

カフェ・フォレストは街の一等地にあり、グルメ系はもちろん、ファッション雑誌にも度々取り上げられるお洒落《しゃれ》なカフェ・レストランだ。富永支店とは付き合いが長く、開業以来二十余年にわたり変わらぬご愛顧《あいこ》を受けている。

そちらには主にコーヒーの生豆《なままめ》を納めているのだが、他にトモミ珈琲オリジナルのコーヒー器具も置いてもらっている。今朝方まとまった数の注文が入ったので、伊藤さんが納品の準備をしていたのだ。

「発注の電話を受けたのは君だろ。大丈夫？」

「は、はあ」

いつもはファックスか電子メールで注文が入るのだが、お客様はよほど急いでいたのか、今回はめずらしく電話だった。手書きのメモが電話機の横に残っている。

（トモミ珈琲オリジナルドリップセットを、数量は十五で、と）

急いでキーボードを操作して納品書を仕上げ、専用伝票にプリントアウトして伊藤さんに渡した。伊藤さんの担当は本来は加奈子さんなのだが、彼女は今日、子供の授業参観日で午前中お休みだった。

「数量単価ともにＯＫ。よし、それじゃあ行って来ます」

納品の時間が迫っているのか、伊藤さんは小走りで事務所を出て行った。

「うおっほん。野々宮さん、ちょっと」

営業マンがすべて出払った静かな事務所に、支店長の咳払いが響く。私の仕事振りに不満がある時の合図だ。おずおずと席を立ち、支店長の前へ進み出る。彼は私の父親と同じくらいの年齢で、一見神経質で厳しそうだが、実際は面倒見の良い優しい人だ。彼はデスクを指でトントン叩きながら小言をひとつふたつ言う。それから、困ったような諦めたような、複雑なため息を吐いた。

「なんていうのかな、野々宮さんはこう……仕事が出来ないわけじゃない。電話の対応にしろ、データ類の管理にしろ、瀬戸さんよりも丁寧なくらいだ。だが、時折集中が途切れてぼんやりしてしまう。あと、自信の無さというのが顔や姿勢に表れてしまってるんだな。バックアップを期待する営業マンからすると、かなり頼りない」

「はあ」

自信の無さ、というのは当たっている。私は、子供の頃からずっと自信が無い。

「ほら、猫背」

「あ、はい」

背中が曲がっているといつも指摘されるのだが、なかなか直らない。普段からうつむき加減になっているせいだろうか。

「もっと堂々として、自信を持って仕事するようにね。まずは形から入り、根気よく経験を積めば、結果は後からついてくるものだ」

それはつまり、背筋を伸ばして胸を張れ、ということだろうか。

「はい、分かりました」

「うむ、頑張って仕事するように」

理屈は分かる。でも具体的にどうすればいいのかは見当もつかない。堂々として自信を持つだなんて、私には一生無理な気がする。

ふと、浦島先生の姿が頭に浮かんだ。昨夜見た彼の姿勢は、茶華道《さかどう》の先生だけあって、しゃんとしてまっすぐで立派に見えた。立ち居振る舞いも堂々としていた。

好き嫌いはともかくとして、私に対する態度も自信に満ちあふれ、一分の隙《すき》も見当たらなかった。

昨夜のことを思い出すうち、唇に熱い感触がよみがえりそうになって、激しく首を横に振った。

(あの人は私と違いすぎる。いくら契約解除が不可能と言っても、無理なものは無理だもの。浦島先生の教室に通うのも、お見合いも、全部無理!)

支店長が怪訝《けげん》な眼差《まなざ》しを向けてくるが、そ知らぬふりをして自分の仕事に戻った。


その日の午後。

昼休憩中に出社してきた加奈子さんと事務所でお茶を飲んでいると、勢いよくドアを開けて伊藤さんが入ってきた。ズカズカと一直線に近づいて来て、手にしている伝票を私の前に放り投げた。

「……あの？」

「電話を受けたメモと突き合わせてみて」

明らかに怒った表情である。

「穏やかでないわねえ伊藤さん、どうしたのよ一体」

加奈子さんがなだめるが、伊藤さんは苛々《いらいら》がおさまらない様子で、私を見下ろしている。

嫌な予感がしつつ、電話機の横に残っているメモと納品書を見比べてみた。メモには、トモミ珈琲オリジナルドリップセット・数量十五・トウキと記してある。

「あっ。と、陶器……」

私が伊藤さんに伝えたのは、ポリプロピレンとガラス製ドリップセットの製品番号だった。普段から、そちらのほうが多く出荷されているので、思い込みで伝えてしまったのだ。

「あちゃー、しかも、カフェ・フォレストさんかあ。我が支店の大得意さんだわ」

加奈子さんの言葉と、やっちゃったわねというジェスチャーに、一気に血の気が引いていく。

「俺が納品した時、店長の峰《みね》さんも注文主のお客さんもすでにお待ちかねだった。それなのに、いざ蓋《ふた》を開けたら違うものが出てくるだろ？　お客さんにはがっかりされるし、店長には恥をかかせてしまった」

たらたらと冷や汗が垂《た》れてくる。どうして、どうして私はこうなのだろうと後悔してももう遅い。まさに、やってしまったのだ。

「それでは、急いで在庫を確認して、不足の場合は本社に連絡して取り寄せることに……」

「もう手は打った。自分でやったほうが確実だし、早いからね」

伊藤さんは私の発言を遮《さえぎ》り、あとは加奈子さんに任せると言って、それからこうも付け加えた。

「平謝りに謝って何とか許してはもらえたが、会社の信用はがた落ちだ。それと、フォレストの店長さんが、電話を受けた方は新人さんでしたか、やはりベテランの事務員さんに代わってもらえばよかったですねと残念がっていたよ。俺は恥ずかしくて、野々宮さんのことを入社四年目の社員ですとは言えなかった」

私も、穴があったら入りたいほど恥ずかしく、情けなかった。

「とにかく、フォレストさんからの電話は瀬戸さんが受けてくれ。不在の時は俺に回すように頼むよ」

伊藤さんは段々と落ち着いてきたが、それでもなお君には何の期待もしないという口調だった。

得意先が大口でも小口でも、ミスがあってはならないのは当然だ。

だが今回のように、長年信用を培《つちか》ってきたお客様に対する失敗は、いつものミスの何十倍ものショックを私に与えていた。

もう二十四歳で、いっぱしの社会人のはずなのに、どうしてこうなってしまうのだろう。

支店長が頭を抱えたのが目の端に映った。何度指摘されても直らない集中力の無さが情けなくて、涙が出そうになる。

激しく落ち込むとともに、どうにかしなくてはいけないと深刻に悩み始めていた。


水曜日の夜。

仕事から帰ると、母が玄関先にばたばた走り出て来て、私の腕をむんずと引っつかんだ。真剣な目つきの笑顔が、かなり怖い。

「な、なに……」

「道具を買って来たわよ。早く来なさい」

そういえば今朝、街のデパートで茶華道《さかどう》に必要な道具を全部揃《そろ》えてくると言っていた気がする。昨夜は落ち込むあまりなかなか眠れなかったので、いつにも増してぼーっとしていた。返事をした覚えも無いのだが、母は私の態度など気にもせず、買ってきてしまったのだ。

「ちょっともう、歩きにくいよ」

廊下を引きずられて居間に辿《たど》り着くと、姉がソファに腰掛けていた。

「あれっ、お姉ちゃん」

「久しぶりね、織江」

同じ両親の血を分けたとは思えない美貌《びぼう》を持つ姉が微笑《ほほえ》んだ。お盆に夫婦で帰省して以来の対面だった。

仲良しとは言いきれない姉妹だが、久しぶりに会えば何となく嬉しい。私は前のめりになっている母ではなく、姉の隣に腰掛けた。

「お姉ちゃん、どうしたの、急に」

「うん、友達に会いに近くまで来たから、ついでに寄ってみたの」

「ふうん、あ、和樹《かずき》さんは元気？」

「元気よ。でも、新規の仕事が大掛かりらしくて、これからめちゃくちゃ忙しいみたい」

「そうなんだ。大変だねえ」

姉の夫であるエリート商社マンの和樹さん。姉も美形だが、彼もスタイリッシュなイケメンで、初めて会った時はモデルか俳優さんかと思ったほどだ。

「たまには実家にも顔を出しなさいよ。いくら夫婦円満だからといって、他の家族のことも忘れないで。ところで、赤ちゃんのほうはどうなの？」

毎度の質問に姉は苦笑する。しばらくは二人きりで生活すると何度も言っているのに、

「分かってますって。最近は和樹さんとも相談してるから」

母は聞き入れないのだ。

「ほんとに？」

娘を嫁に出したら、今度は孫を抱きたくて仕方ないらしい。昔から母親の期待には、もれなく応えてきた姉である。本当に考え始めているのかもしれない。

「それより織江、お茶とお花を習うんですって？」

「うっ、それは……」

「そうそう、そうなのよ、明日からね」

再び前のめりになった母が代わりに返事をする。そしてデパートの紙袋から茶華道《さかどう》に使う道具を取り出し、テーブルの上にずらりと並べた。

「うわあ、本格的じゃない」

「お店の人に聞いて、できるだけ高級なものを選んで来たからね。浦島先生もびっくりするわよ」

いきなり出てきた名前にどきーんとするが、平静を装う。勘の鋭い姉の前で動揺を見せては余計な詮索《せんさく》をされてしまう。

「私の友人にも茶道教室に通ってる子が何人かいるけど、話を聞くと、かなり奥が深そうだよ」

「そ、そうなの？」

「まねごとで少し教えてもらったんだけど、確かね、こんな感じに」

姉は小さめのハンカチみたいな赤い布を取り上げると、サッサッと、よく分からない動作をしてから器用に折りたたみ、竹製の耳かきのような棒をその上にのせて、鷹揚《おうよう》な動きで拭《ぬぐ》う仕草をした。

「この布は服紗《ふくさ》で、こっちの細長いスプーンみたいなのは、お抹茶《まっちゃ》を掬《すく》う茶杓《ちゃしゃく》という道具よ」

「……へえ」

今姉が行ったのは、服紗という布で茶杓を拭ったというただそれだけのことだ。しかも、まねごとていどに覚えている素人技で。それなのに何となく美しいと感じた。

——なるほど奥が深そうだ。

私はコーヒーを淹《い》れるための道具を頭に思い描いてみた。豆を挽《ひ》くミルやドリップ用のサーバーなどいろいろある。それらと似た役割のものがお茶にもあるのだろう。

でも、機能的に作られたコーヒー器具と比べると、お茶の道具は何か違っているように感じる。

たとえば、この茶杓は姉が言うとおりコーヒーにおけるスプーンにあたると思うけれど、服紗は道具を拭う布というだけでは無く、別の意味も持っているように思う。

そうでなければ、美しいと感じるはずはない。

「これも受け売りなんだけど、亭主が点《た》てたお茶を客がいただく、その一連の動作ひとつひとつに意味があり、そして無駄《むだ》がないの。正式な茶会である茶事《ちゃじ》ともなれば、炉《ろ》に炭をつぐところから、懐石《かいせき》、濃茶《こいちゃ》、薄茶《うすちゃ》といったかしら、とにかくたくさんのきまりごとや所作《しょさ》があるんですって。それを自然体になるまで覚えようとしたら、これはもう、大変な修業よね」

何も言えない私をよそに、母が口をはさんだ。

「そうよ。ほら、浦島先生はその点、お祖父様やお父様が茶道の師範《しはん》でいらして、幼い頃よりそのお二人について修業していらっしゃるのだから、相当に立派な方なんだよねえ」

細かいところはよく分からないというニュアンスだが、三船さんから浦島家についてあれこれ聞き出しているのだろう。そもそも、母は〝先生〟と呼ばれる人種に弱く、無条件で一目置いてしまうタイプだ。しかも三代続けて〝師範〟の肩書きがつくとなると、母からすれば彼らは殿上人《てんじょうびと》かもしれない。

「私にできるのかな」

何も考えず、ぽつりともれた問いだった。

姉と母は顔を見合わせ、同時に首を捻《ひね》る。なんて正直すぎる反応。がっかりしつつも、自分でもなぜそんなことを言ってしまったのか不思議だった。

「あー、でも、素質はあるかもしれない」

「えっ、そうかい？」

姉の希望的観測に、母は本気で驚いている。強制的に入門させておいて、無責任な人である。

「織江って、意外に手先が器用じゃない。それに、小さい頃から正座を苦にしないでしょ」

「そう言われればそうだねえ。法事の時なんか、陽子のほうが足を崩すのが早かったっけ」

正座が得意でこれまで得したことは無かったけれど、茶道では役に立つのだろうか。

「いいんじゃないの。案外いけるかもしれない。勉強もスポーツもいまいちだけど、根気よく続ければ、思わぬところで芽が出るかも」

これまた傷付く言い方だ。だが、私はふと支店長の言葉を思い出していた。

『まずは形から入り、根気よく経験を積めば、結果はあとからついてくるものだ』

なんだか、母と同じく前のめりになってくる私。

茶道、華道、未知の世界――

「それに、猫背も直るかもしれないねえ。三船さんも言ってたけど、茶道を始めてから背筋が伸びて、胃も丈夫になったとか」

「それは素敵ね。確かに織江の猫背はみっともないもの」

ずきっとくるけど本当のことだ。支店長にも度々注意されている。

私はテーブルいっぱいに並べられた茶華道《さかどう》の道具を見回しながら、明日は約束どおりちょっとだけ教室を覗《のぞ》いてみようかなと考える。

そして、母の台詞《せりふ》に影響されてか、その時だけ浦島先生のイメージが美化されていた。

「野々宮さん、電話だよ。浦島さんって方から」

木曜日の昼休み。

久しぶりに加奈子さんと外食することになり、ちょうど事務所を出ようとした時だった。

「うらしま……さん？」

背後からがっしりと羽交い締めにされた感覚だった。身体がかちこちに固まり、動けなくなる。

「織江ちゃん、下で待ってるね」

加奈子さんにぎこちなく頷《うなず》いてから、自分のデスクの電話機に回してもらい、恐る恐る手を伸ばす。

昼休みが始まるのを狙いすましたような絶妙のタイミングに、私は混乱した。電話に出られない理由を捻《ひね》り出そうとしても空《むな》しい抵抗である。

（なぜ私の会社や電話番号を知ってるの？）

――母が教えたに違いない。

（それより、どうしてスマホではなく職場にかけてくるの？）

――それはもちろん、こうして呼び出されれば無視できないから。

自問自答し、脱力する。彼が策士《さくし》なのは初対面の言動で理解していたことだ。

一体何の用事だろう。全身で警戒しながら電話に出る。

「もしもし、野々宮です」

『こんにちは、織江。浦島章太郎だ』

はきはきとした声が耳に飛び込んできた。

『ちゃんと聞いてるか？』

「う……聞いています」

電話を取り次いでくれた社員や、デスクで弁当を食べている支店長が、不思議そうに私を眺めている。

先生の声は大きくて、呼び捨てにしているのが周りにも丸聞こえだ。何事かと思うのだろう。

とりあえず、なるべく早く切り上げられるよう対応することにした。

「ご用件をうかがいます。あの、できるだけ手短にお願いします」

『ああ、昼飯時に悪いね。この前はいいものをありがとう。お母上には、よしなに伝えてくれたかな』

富有柿《ふゆうがき》のことだ。よほど嬉しかったのだろう、ずいぶんと浮き立った調子である。

だが、それは挨拶代わりだった。

『ところで、今日は木曜日だ。忘れてるといけないから電話したよ』

「は、はあ？」

（忘れる？　忘れられたらどんなにいいか。あの夜以来、あなたを忘れた日はありません。むろん、悩みの種として）

とはいえ、口に出せるわけもなく、抑えた声で冷静に返事をする。

「忘れていません。ちゃんとお稽古の道具も用意してあります」

『ほう、感心だな』

母からお茶とお花に必要な道具一式、プレゼントされているのだ。しかもかかった金額は半端ではなく、ひとつひとつの値段を聞いて驚いてしまった。

自分の預金から出すとしたら絶対に躊躇《ちゅうちょ》するだろう。

『ま、道具なんてものは俺が貸してもいいし、手ぶらでも構わんがね』

「えっ、そうなんですか」

『ああ、ウチにあるものを気軽に使えばいいよ』

思わぬ言葉に、ほんの少し警戒心が緩んだ。気を遣わせないように言ってくれているのだろうか。何千円、何万円もする道具を気軽にだなんて。

この人は案外親切で、太っ腹なのかもしれない。もしかしたら、この電話も純粋に心配してかけてくれたのかなと、好意的な解釈をしかけたほど。

だが――

『君の身体さえ来てくれたら、ね』

「……なっ」

ふっふふふと、含み笑いが耳の奥まで侵入し、ぞわぞわと内側から犯される錯覚に陥《おちい》った。支店長たちが目の前にいなければ、悲鳴を上げて受話器を叩きつけるところだった。私はふらふらしながらも、なんとか平静を装う。

「と、とにかく、今夜八時にお伺《うかが》いします……それと、これからは職場ではなく、携帯のほうへかけていただくように、お願いします」

『了解。それじゃ、楽しみに待ってるよ、織江』

潔く、いや、一方的に通話は切れた。

（なんて人なの、なんて……うううううっ）

「大丈夫？」

いつの間にかそばに来て見守っていた支店長の声に、はっと我に返る。受話器を握りしめたまま、直立不動の状態だった。

「いえ、はい、平気です！　なんでもないんです……って、あ、あの、昼休憩に行ってきます」

動揺もあらわに事務所を飛び出した。鏡を見なくとも分かる。私は今、どこもかしこも真っ赤になっている。

カラダは、正直だ。


午後七時四十五分。浦島茶華道《さかどう》教室の駐車場に到着した。

何度かハンドルを切り返しながら、この前の夜と同じ一番手前の隅っこに駐車した。他に乗用車は一台も無い。この前とめてあったのは、生徒さんの車だろう。ということは、今夜はやはり私一人きりなのか。

稽古道具一式を収めたトートバッグを肩にかけ、深呼吸をする。それでも胸がばくばくするが、足は自然と歩み始める。私は、自分のこの行動に不可解な気持ちになりながらも、止まることなく進んでいる。

どちらかといえば小心な私なのに、初めて会った女性に強引にキスをするようなあの人、恐ろしい仁王様のような浦島先生のもとへと、自ら飛び込もうとしている。

彼は怖いし、とんでもない人だと思う。それは間違いない。

でも、今の自分のままでは駄目だという、かつてない焦《あせ》りに突き動かされている。

だが呼び鈴を押そうとして、さすがに躊躇《ちゅうちょ》する。

二時間も二人きりになるのを知っていながらここまで来たことに、今さらだが気付いたのだ。この期におよんで、初めて自分を責めた。ちょっとだけ覗《のぞ》くなんて、あの人相手では無理な話なのだ。がっつり拘束されるに決まっている。

母が三船さんから聞いた話によると、先生のご両親は現在仕事の関係でアメリカ合衆国のワシントン州シアトルに住んでいる。移住したのは先生が高校生の頃だそうだ。

残された先生は茶道の師匠でもある祖父と暮らしていたが、今年の春に他界されてしまい、今は一人暮らしだそうだ。

だからこの家には彼の他には誰もおらず、足を踏み入れたが最後本当に二人きりになるのだ。それなのに来てしまった。

(もしかしたら、私は……)

「待っていたよ、織江」

いきなり玄関の引き戸が開き、本人が現れた。あまりにも唐突で逃げることも出来ない。

「あ……わた、わたしっ」

「うん、よく来た。こんばんは、いい夜だね」

挨拶も返せず、しどろもどろになった私に、先生は上体を屈《かが》めて覗き込むようにした。

着物の胸元から、この前の夜と同じように、微《かす》かな香りが漂ってくる。月曜日、私のワンピースに移り香がほのかに残っていた。スーッとするような、甘いような、うっとりする独特の匂い。

「さあ、入りなさい。それはこっちに寄越して」

「あっ」

ぱっと手首をつかまれ、ぎょっとしている隙《すき》にトートバッグを取り上げられる。

「中身は〝お稽古用の道具〟だろ。先生が検査してやる」

「でも……きゃっ」

引っ張られるようにして玄関に上がると、手を繋《つな》がれたまま廊下から入ってすぐの部屋に連れて行かれた。離せば私が逃げるとでもいわんばかりの態度である。

「茶室は奥だが、まあ今日は居間でいいだろう。座って」

「は、はい」

促《うなが》されるまま、敷いてある座布団に正座した。浦島先生は私と向かい合わせになる格《かっ》好《こう》で、畳の上に座った。

十二畳の部屋には、中型の液晶テレビが据《す》えられた木製ラックと、あとは座椅子が二台あるだけだ。しかも座椅子は隅の方に押しやられている。

この部屋も仏間と同じく片付けられて清浄《せいじょう》だが、余計なものが無いぶん生活感も薄く、居間らしからぬ印象だった。

二人でしばしそのまま向き合い、無言になる。

先生の心の底まで見透かすような眼差《まなざ》しを受けながら、私も彼の瞳に映った自分を見つめていた。屋敷全体が静かで、時計の秒針がコチコチと動く音だけが聞こえる。

私から何か言うべきだろうかと迷ったが、沈黙を破ったのは先生だった。

「さて、織江。今夜から君は俺の弟子になるわけだ。それも、木曜日にただ一人、個人稽古の愛弟子《まなでし》にね」

少し気になる言い方だが、習うとなるとそれはそのとおりだ。

浦島先生が目の前にいるというのに、私は自分でも驚くほど落ち着いている。不思議で未知なる気持ちだった。

私は座布団を外すと、居住まいを正してから先生に挨拶をした。

「野々宮織江と申します。お茶とお花の稽古に参りました。よろしくお願いします」

「はい、私は浦島章太郎です。頑張ってくださいね」

先生も座り直すとあらたまって挨拶を返してくれた。言葉遣いや態度が急に先生らしくなったので、ちょっと意外な気持ちになる。

すると彼は少し考えるそぶりをしてから、帯に差している扇子を抜いて私に手渡した。

「これは?」

普通に受け取ってはみたものの、どういう意味があるのか分からなくて首を傾《かし》げた。

「茶扇《ちゃせん》といって、茶席で使う扇子だよ。それを膝の前に置いて。こう、横向きに」

手をとられて戸惑うが、先生が真面目《まじめ》な顔つきなので、言うとおりにする。

「こう、ですか？」

「そう、そして礼、つまりお辞儀《じぎ》をする。やってみなさい」

「はい」

私は頭を深く下げたが、こんなふうにお辞儀をするなんて普段に無いことなので、自分でも不格好な感じがした。

「うん、稽古の始めと終わりには、きちんと挨拶することだ。扇子は、結界を表す」

「結界……」

先生は真面目な顔のまま頷《うなず》く。

「稽古の間は、俺は君と師匠と弟子の関係でいるよう、けじめをつける。そこのところは、厳しく分けるぞ」

言葉どおり、いつの間にか厳しい雰囲気になっている。突然の切り替えに合わせられない私は、どう反応すればいいのか分からない。

先生はおろおろする私から扇子を取り上げると元どおり帯に差した。

それからじっと私を見て、困ったように肩をすくめた。

「まあ、この前の夜は俺も必死だったから、やり過ぎたかな、とは思っている」

「え……あっ」

　私を捕まえて、強引にキスをしたことだ。

　膝に目を落とし、もじもじした。あの光景と感触をクリアに思い出してしまい、頬が火照《ほて》ってきて、正面から先生を見ることができない。

「半ば無理やり弟子入りするように話を持っていったからね。実は心配してたんだよ、今日はちゃんと来てくれるかなあって」

　予想もしない発言に、思わず顔を上げる。

　背筋をピンと伸ばして正座をする先生だが、扇子をおさめた途端リラックスした笑顔になっている。なんとも鮮《あざ》やかな切り替えだった。

「でも俺は後悔してない。こうして君も来てくれたことだし、かえって自信が付いたな」

「ええっ？」

　自信だなんて、それはどういう意味ですかと焦《あせ》る私に対し、彼は膝を詰めてきた。

　二人の間に扇子は無い。じりじりとにじり寄る彼に、私はぱくぱくと口を開けたり閉めたり、声にならない抗議をする。当然通じるわけもなく、あっという間に追い詰められる。

「稽古は稽古、これはこれ。普段は男と女として、俺と付き合ってくれないか、織江」

「あっ、あの、でも私は」

「脈があると思うけどね、違うのか」

どくんどくんと全身の血が勢いよく巡り始める。大きく大きく脈打っている。もう、誤魔化しは利《き》かない。彼にも、私自身にも。

「は……い」

「ん？　もっとはっきりと」

濁りのない薄茶《うすちゃ》色の瞳に、吸い込まれそうになる。

着物から匂い立つ独特の香りに、気が遠くなっていく。

私と全然違う人。

だからこそ、私はまたここに来てしまったのだ。

「はい——お付き合いします。私、先生と」

「男と女として？」

「はい」

明確な返事に、先生が目を見開き、全身を震わせたのが分かった。

「織江」

「でも、でも、お稽古は……」

感激の震えを目の当たりにした私は怖気付《おじけ》いて彼の気をそらそうとするが、今の先生に通じるわけも無い。覆い被さるように抱き締められる。私は正座したままのけ反り、後ろに両手をついた。

着物越しに伝わってくる温もりと、香りが私を包み込む。

「タイプじゃないって言ったのに、どうしてそんな目で見る？　どこで気が変わった？　俺のキス、そんなに気持ちよかった？」

初めて会った日のことを責めるような立て続けの質問に、私は曖昧《あいまい》に首を振った。

自分が自分でも分からなかった。本当にタイプじゃないはずなのに、なぜ惹《ひ》かれるのか。

「……俺好みに仕上げたい」

「え」

答えられないでいると先生は突然身体を起こし、私のことも両手で支えてまっすぐに座らせた。

香りが薄まって、くらくらしながらも懸命《けんめい》に気を取り直す。

「今の君じゃ俺は満足しない。道具というのは、使い込んでこそ味わいが増すもんだ」

「つ、つかい、こむ？」

「師匠と弟子として、男と女として俺と付き合えばいずれ分かってくるよ」

ぽかんとする私に、先生は嬉しくて堪《たま》らないというように笑う。どういう意味だろう？

「とにかく、スタートだ」

先生は笑いを収めると、稽古道具が入れてある私のトートバッグを二人の間に置いて、口を広げた。

「見てもいいか」

「あっ、はい。お願いします」

これから道具の検査をするのだ。先生はいつの間にか〝先生〟に戻っている。

お花に使う数種類の鋏《はさみ》や剣山《けんざん》、お茶の服紗《ふくさ》、懐《ふところ》に入れるという懐紙《かいし》の束などを、ひとつひとつ手に取り吟味《ぎんみ》していく。

すべて見終わると、小さな呟《つぶや》きがきこえた。

「ふうむ……」

「あの……なにか？」

「ん、いや、どれもこれもビギナーには過ぎたる贅沢品《ぜいたくひん》だなと思ってね。お母上のお見立てかい」

「はい……いえ、見立てたというか、茶華道《さかどう》の知識がないから、とにかく専門店のすすめる値段の高い道具を揃《そろ》えてきたのだ、と言っていました」

「そうか。確かにものはいい。うーん、だが剣山《けんざん》はうちにあるのを使えばいいし、剪定鋏《せんていばさみ》も当分は不要だなあ」

何も言えずにいると、先生は取り出したものを丁寧にバッグに仕舞い、私に返した。

「これからは、道具は自分で選びなさい。今必要なものは何なのかよく考えて。懐紙一枚、人任せにはしないで」

「は……い」

今更ながら恥ずかしかった。

茶華道《さかどう》を習うのに何の予備知識も持たず、言われるまま流されるまま、渡された道具の使い道すら確かめもせずに来たなんて。どうしてこんなに人任せなのだろう。これだから母も心配するのだ。結婚どころか彼氏もできないのではとやきもきされても仕方ない。

さらにそのことを指摘されるまで気付かないなんて、あまりにも鈍《にぶ》すぎる。

だけど先生は明るく笑い、うつむいている私にすべてお見通しとばかりに言ったのだ。

「そんな織江だから、俺は惚れたんだけどどね」

夜のしじまに優しく響く、畏縮《いしゅく》した私の心を和らげる素朴《そぼく》な告白。

「先生……」

怖いと思っていたはずの、大きくて、力が強くて、強引な人。それなのに、今は私を大らかに受け止めてくれる頼もしい人だと感じている。

単純すぎるだろうか。

なぜだか、もうひとつ奥にある彼の気持ちを確かめたくなっていた。

「でも、今の私では満足しないって」

先生はもう一度朗《ほが》らかに笑った。私はじっと見上げて答えを待つ。

「だから言っただろう。俺好みになるように使い込むって」

「使い込む？」

「まったく、困った娘《こ》だね」

先生は立ち上がると隣の部屋に移動し、じきに戻ってきた。私の前に正座すると、手にしているものを渡してしっかりと握らせた。

先生が帯に差しているものよりも小ぶりな扇子だった。

「女性用の扇子だよ。これは道具の中に入ってなかっただろう。用意しておいて正確だったな」

「あ、ありがとうございます」

稽古のための道具選びを母にすべて任せきりだった私。そんな私のために、先生はわざわざ用意をしてくれたのだ。こんな私のことを、受け入れてくれるのだ。

なぜこんなによくしてくれるのか不思議だけれど、とても嬉しくて感動してしまう。

一生懸命に茶華道の修業をして、先生も満足するようなしっかりした自分になりたいと心から願う。

真新しい扇子を膝の前に置き、始まりの挨拶をした。

「よろしくお願いします」

「よし、やろうか。俺のもとに来たからには稽古もその後も、徹底的に仕込んでやるからな！」

先生と私は師と弟子になり、見つめ合った。

でも私は〝稽古もその後も〟という言葉をよく理解していなかったのだ。もっと言うなら、〝俺好みになるように使い込む〟という宣言すら、深く考えていなかったのだ。

ここに来る前、あんなことを言われていたのに。

——君の身体さえ来てくれたら、ね。

それを思い知ったのは、初めての稽古が終わった後だった。


「まあ、初日はこんなものだね。来週からは少しずつ実践していこう」

「はいっ、先生」

お花の稽古を行う部屋と、炉《ろ》のある茶室を案内してもらい、私が入門する流派や、稽古の流れを説明してもらった。知らない用語が多々あり、稽古風景は漠然とイメージできただけだったけれど、なんだかわくわくしてきた。

姉の言うとおり、茶道は奥が深そうで、どこまで進むことができるか見当もつかない。まるで、宝探しの冒険に旅立つ心境だった。

「ありがとうございました」

「はい、お疲れ様でした」

稽古が終わり、扇子を置いて挨拶をし、立ち上がろうとした時だった。

手首をいきなりつかまれ、ぐいと引っ張られた。

「きゃ……」

バランスを崩し、倒れこんだのは先生の腕の中。すっぽりと包まれた体勢で、抱き締められている。

「あああ、あの、あのっ？」

「言っただろ。稽古の後も徹底的に仕込むと」

（えええっ？）

見上げれば、目の前に迫るのは先生のぎらぎらとした眼差《まなざ》し。それはすでに、師としての目つきではなかった。

「どっ、どういうことですか。その、つまり……うっ」

無理やり唇を押し付けられ、質問を封じられる。つまりこういうことだよと、分かりやすく教えているつもりかもしれないが、とんでもないことだった。

私は男性を知らない。キスだって、この前先生にされたのが初めてなのに。

「んん、んーっ」

キスだけでは済まない。

はっきりとした予感に頭がパニックになり、必死になってもがいた。頭の中に繰り返されるのは、〝仕込む〟という淫猥《いんわい》な響きだけ。そう、その言葉に込められた真の意味に私はやっと気がついたのだ。

彼の着物の襟《えり》をしゃにむにつかんで広げてしまい、先生の胸元がはだけた。厚い胸板と着物の隙間から匂い立つ香りに、またしても私は全身の力が抜けてしまいそうだった。

「これまでめいっぱい我慢した。この一週間、ほとんど眠れなかったんだぞ」

先生はなぜか怒ったように言うとさらに、私を畳に押し付けた。ブラウスが乱れ、スカートの裾がめくれて太腿《ふともも》が露《あら》わになっている。

「そそ、そんなの知りませんっ。私のせいなんですか？」

「当たり前だろう」

絶句して、呆然《ぼうぜん》とする。その間も先生の手は休まず、私のブラウスのボタンを外して前を開き、ブラの上から乳房をひと揉《も》みした。

あっという間の出来事だった。

かつてない、衝撃的な感触が電流となり、全身を駆け抜けていく。

「いひゃ、ひゃあああ！」

意識が遠のく直前に見たのは、まん丸く見開かれた目。薄茶《うすちゃ》色でとてもきれいで、そんな余裕もないはずなのに、先生の目は意外に可愛《かわい》らしいんだなあなんて感じていた。

「織江、大丈夫か。しっかりしろ」

気がつくと、浦島先生の腕の中だった。真剣な顔で、懸命《けんめい》に呼びかけている。

「……」

やがて状況を把握した私はすぐさま拘束から逃れようとしたが、先生は離さなかった。

鋼鉄《こうてつ》の腕が、脱出を許そうとしない。

「気を失ったんだぞ。急に動いちゃ駄目だ」

「気を……？」

微《かす》かに声を出した私に、先生はほっとした様子になった。そして腕の力を緩めて支え直すと、片方の手で私の前髪を分け、額《ひたい》をくっつけてくる。間近に迫った目に見つめられ、さっきよりも身動きが取れなくなった。

「びっくりしたぞ。ほんの数分だったけど、まさか失神するとは」

「すみま……せん」

段々思い出してきた。稽古終了の挨拶の後、突然先生が襲ってきて、押し倒されて、ブラウスのボタンを外されて、それから。

（む、胸を揉まれた）

身体に残る電流にぶるぶるっと震えて、今謝ったことを後悔した。自分が謝ることじゃなかったのだ。私は今更ながら怒りと恥ずかしさで先生から目をそらし、口を尖《とが》らせた。

「ふふ、悪かった。織江にはまだまだ刺激が強すぎるみたいだな」

本当に悪いと思っているのかどうか分からない、とろんとして甘ったるい声だった。

私はもぞもぞと身体を動かして先生から逃れ、距離をとって正座する。

せっかくやる気になったのに。新しいことにチャレンジして、自分を変えようと決めたところだったのに。師匠である人からとんでもないことをされて、台無しになった。

情けないやらショックやらで混乱する私に、先生はなぜか微笑《ほほえ》んでいる。私を思い遣《や》るような、優しさに満ちた微笑みだから、わけが分からない。

「なあ、織江」

「……はい」

不貞腐《ふてくさ》れたような返事に、今度は苦笑いしている。何がおかしいのだろうこの人は。

思わず睨《にら》んでしまう。

「分かった、真面目《まじめ》に謝る。でもな、俺は君に惚れていて、すぐにでも致したいと望むのは無理からぬことなんだ。そうだろ？」

「はあ」

男性の生理的現象についての知識はあるけれど、身をもっては知らない。それだとしても、先生の行動は極端なような気がして、曖昧《あいまい》な返事になってしまう。

すぐにでも致したいと望むからって、いきなり襲い掛かるのはどうなんだろう。ケモノ的というか、なんというか。

いつまでも納得出来ないでいる私に、先生は説得するのを諦めたのかもしれない。

「よしよし、分かったよ。毎回失神されては敵《かな》わんし、第一、君に嫌われたら元も子もないからね、無理なことはしない」

残念そうにではあったが、はっきりと言った。その言葉にようやく胸を撫《な》で下ろし、あらためて先生を眺める。

浦島章太郎さん。

『お稽古に行けば花嫁修業とデートを兼ねられて一石二鳥だわよ』と、母が嬉しそうに言っていたことを、今になって思い出す。忘れかけていたが、マンツーマンの特別稽古は私と彼との交際でもあったのだ。

しかも、私は今日彼に問われて、お付き合いしますと答えている。

「まあ、これに懲《こ》りずに来週からも通ってくれよ。君がその気になるまで何もしないから」

逃げようと思えば逃げられる。茶華道《さかどう》の教室はここだけではないのだから、イヤなら止めればいいのだ。それなのに、私は確かめていた。

「……ほんとうに？」

「ああ、約束だ」

先生は余裕たっぷりに答えると、胸を張った。

私が気を失う寸前の、先生の驚いた顔。あんな顔をするなんて、今の自信にあふれた堂々とした態度からは想像もできない。

(まん丸い目が、可愛《かわい》かったな、なんて)

もう一度あんな顔が見たい、などとおかしなことを考えてしまった。

家に帰ると母が待ってましたとばかりに駆け寄ってきて、「どうだった?」と訊《き》いてきた。さすがにすべてを話すわけにはいかず、「お付き合いしてみる」とだけ答えておいた。

母は結婚が決まったかのように喜びいろいろ聞きたそうだったが、私は風呂に入るとすぐに自室に引っ込んでしまった。親とか三船さんとか関係無しに、先生のことを一人でゆっくり考えたいから。

ベッドの中で目を開けたまま、乱れた気持ちを整理してみる。

私はここまで来て、先生とお付き合いをすると決めた後で、ようやく自覚することがあった。

不思議で未知なるこの期待感。

浦島章太郎という、恐ろしくも強引な男性と初めて出会い、かつてないほどの衝撃を受けてから、信じられない現象が私の身に起こっている。

認められず無視してきたけれど、ひょっとしたら私は――〝ドM〟？

『君の身体さえ来てくれたら、ね』

昼間の熱さが肌によみがえる。全身が紅《あか》に染まり、蕩《とろ》けそうになってしまう。

出会い頭にキスをされて立っていられなくなり、先生の胸に支えられたあの時と同じように。

今夜、先生と二人きりになるのを承知の上で、それでも行ったのは紛《まぎ》れもなく私自身の意思だった。怖がりながらも、あの人に何かを期待していたのだ。でも――

「急には無理です」

先生に伝えるように、声に出して言った。

私が〝ドM〟だとしても、その気になるまで時間が掛かるだろう。先生に惹《ひ》かれているのは本当で、お付き合いもするけれど、身体の関係はまだ駄目。それが今の気持ちだ。

認めてしまうと楽になった。うとうととして瞼《まぶた》を閉じると、浮かんできたのは先生のまん丸い目。

私はくすっと笑い、そのまま幸せな夢に入っていった。

会社と家の往復のみだった私のスケジュールに、毎週木曜日の午後八時から十時まで、茶華道《さかどう》教室に通うという予定が加わった。

習い事なんて、小学生時代の書道教室以来である。

幼い頃から利発だった姉は、英語やピアノ、学習塾と、毎日のように習い事に通っていた。姉妹にかける投資額の差は母親の期待度の違いで、そして姉にはそれに応える能力があった。

大学時代、一流商社のエリート社員となる和樹義兄《にい》さんとのご縁があったのも、その努力の賜物《たまもの》なんだろうなと思う。

習い事が自分を変えてくれるという保証はないけれど、姉のように努力をすれば、私にだって何かを何とかできるかもしれない。

浦島先生についていけば、自分を変えられる気がする……。

（いけない、いけない、またあの人のことを考えちゃう）

私は細心の注意を払いつつ伝票を入力し、ファイルに保存した。ファイルの名前も何度も確認している。先日あんな大失敗をやらかしたばかりであるから、伊藤さんはじめ営業マンからの信頼を回復するために努力しなければならない。

なのに、どうしても昨夜のことを思い出してしまって、落ち着かなかった。左胸に残る指の感触が、いまだに身体に電気を流し続けているのだ。

「ふう、時間がかかって疲れるなあ」

コーヒーでも淹《い》れて雑念を払おうと思い、席を立った。

午後二時の事務所は、営業マンばかりでなく支店長も外回りに出てしまっている。加奈子さんは銀行に出かけていて、事務所には私一人きりだった。

事務所の一角に設けられた給湯室に入ると、シングルサーブのコーヒーメーカーを使い、トモミ珈琲のオリジナルブレンドを淹れる。

「うーん、いい香り」

私はコーヒーが大好きだ。短大時代に通いつめた喫茶店がトモミ珈琲の製品を使っていて、オリジナルブレンドが特にお気に入りだった。そのことがトモミ珈琲に就職した直接の動機である。

（そうだ、喫茶店といえば）

コーヒーを飲みながら、浦島先生が喫茶店の経営者だと母が言っていたのを思い出した。それならば、先生もコーヒーが好きに違いない。

「オリジナルブレンドをお土産《みやげ》にしてみようかな。あ、でも、営業だと思われちゃうかも」

私は迷ったが、先生にもこの香りと美味《おい》しさを味わってほしい気持ちがむくむくと湧いてきて、少しだけ持参してみることにした。

それに、先生の経営する喫茶店がどんなお店なのかも気になる。なんだか楽しみになってきた。

コーヒーのおかげで頭も心も爽《さわ》やかになり、元気よく仕事の続きに取り掛かった。

本格的な茶華道《さかどう》の稽古が始まるのは、初めて浦島家を訪問してから十日後の今日、十一月十五日から。前回は稽古の流れや内容の説明を受けただけで、実際にやってみたわけではない。今回からが実践である。

思えば、浦島先生と出会ってまだほんの十日だ。なのに、もっとずっと前から関わりがあるように感じる。そんな感覚に影響されてか、私の毎日は木曜日を中心に回り始めていた。

稽古は夜八時からなので、多少残業しても会社から直行すれば充分に間に合う。退出チェックを済ませて休憩室に移動し、出勤途中に買っておいたコンビニお握りと野菜ジュースで食事をとった。夜遅くまで稽古するのだから腹ごしらえは必要だ。

その後トイレの鏡の前で歯を磨《みが》いて化粧直しをし、更衣室で私服に着替える。それからようやく会社を出て、桃田町の浦島家屋敷を目指して車を走らせるのだ。

先生のもとに辿《たど》り着くまで支度《したく》が忙しいけれど、心の準備のためには必要な時間である。私にとっての先生は単なる先生ではなく、お付き合いを始めたばかりの男性でもあるのだから。

玄関の呼び鈴を押すと、待ち伏せしていたのではないかと思うほどすぐに引き戸が開いて、先生が現れた。飛び上がってしまった私の反応が面白かったらしく、先生は楽しそうに笑っている。もしかしたらわざと驚かせているのかもしれない。まったく趣味が悪い。

「こんばんは、織江。よく来たな」

「先生、こんばんは。どうぞよろしくお願いします」

「ああ、たっぷり仕込んでやるよ」

「うっ、ハイ」

淫猥《いんわい》な目つきと口ぶりに怖気《おじけ》付くけれど、先生は私が嫌がるようなことは絶対にしないと信じている。私が失神した時の、驚いた顔と心配そうな様子は本物だった。先生はケモノ的な人だけれど、彼なりに大切に思ってくれているのだ。……たぶん。

「入りなさい。さっそく稽古を始めよう」

お花の稽古をする板の間に上がり、扇子を膝の前に置いて挨拶をすると、普段のおふざけが嘘《うそ》のように先生は真面目《まじめ》な態度になった。

着物をぴしっと着こなし、しゃんと背筋を伸ばして正座する姿は厳《おごそ》かで立派だ。清廉《せいれん》な佇《たたず》まいに思わず見惚《みと》れてしまう。

「最初に花から、終わったら茶の稽古を行う。二時間なんてあっという間だからね、気を引き締めて取り組むように……分かったか？」

すべてお見通しなのだろう。ぽーっと見上げる私に、余裕たっぷりの笑みを浮かべている。

「うう、分かりました」

すっかり先生のペースだけれど、それでも素直について行く。これからいよいよ、未知の領域へと足を踏み入れるのだ。

浦島茶華道《さかどう》教室はどちらかといえば茶道を中心とした教室だが、浦島先生は華道の流派でもお免状を持つそうだ。

「祖父《じい》ちゃん……つまり大先生は茶道一本だったが親父が華道教室も始めたんだ」

「そうなんですか。それで先生も華道を極《きわ》められたのですね」

先生は茶道家であり、華道家でもあるのだ。

「極める？　織江も大袈裟《おおげさ》だな」

ますます尊敬の眼差《まなざ》しを向けてしまう私を、先生はどうということもないふうに受け流し、花器と剣山《けんざん》を用意して説明を始めた。

今日はまず、葉蘭《はらん》という植物で活け方の基礎とバランスを学ぶ。葉蘭は、花ではなく、楕円形をした大きな葉っぱである。

最初に先生が活けた手本をよーく見てから一旦抜いて、同じ剣山と花器を使って活け直す。徐々《じょじょ》に枚数を増やしながら、葉蘭での練習を繰り返していく。

色とりどりの生花《せいか》を使うのはもう少し先らしく、玄関に飾る花を楽しみにしている母はがっかりするだろう。だけど、その後何事も基礎が大切で確実に習得してほしいとの浦島先生の言葉を伝えれば、途端に『そうよねえ！』と、笑顔で納得するに違いない。先生の言葉だと言えば、どんなことでも肯定しそうな勢いの母である。

「先生、できました」

初めて自分で活けた記念すべき第一作。葉の高さも形も先生が決めて、整えてくれた手本をなぞっただけとはいえ、基本を押さえたまずまずの出来だと満足している。

先生は正面からも横からも、しげしげと眺めた後で評価をくれた。

「ふうむ、織江の感覚はこう、なんというか前衛的だな。同じ素材で、どうすればこんなバランスになるのか」

「そう……ですか？」

「どこから見ても前衛芸術だな、うん」

前衛的とはどういう意味かなと首を傾《かし》げた。意味は分からないが、〝芸術〟と表現するのだから、きっと褒めてくれたのだ。

「い、いいえ、芸術だなんて。それほどでも」

謙遜《けんそん》しつつ照れる私を見て先生は一瞬ぽかんとし、やがて肩を震わせ笑い始めた。

くすくすと、いつまでも笑っている。何がおかしいのかさっぱり分からず、私は困惑するばかり。

「あの、浦島先生？」

「……あのな、織江」

先生は笑いをこらえながら説明した。前衛的というのは、先進的、あるいは革新的という意味だった。だけど、基礎が身についていないのに先進的になれるはずもない。つまり先生は、教えたことを全く理解していない不出来に対して皮肉を言ったらしいが、鈍《にぶ》い私には通じなかったのだ。それが堪《たま》らなくおかしくて、ツボに嵌《はま》ったらしい。

私は恥ずかしさのあまり赤面するが、先生は笑いを収めてからも、なぜかご機嫌なままである。

「いいねえ、織江はいい。そこのところが実にいい」

「は、はあ」

今度は皮肉ではないようだけれど、いいわけがない。

こういった鈍さは子供の頃からで、姉には馬鹿にされ、母には始終《しじゅう》注意されている。父だけは何も言わないが、それは父も同類だからである。

それなのに先生は、心からそう思っているのだよと言わんばかりの眼差《まなざ》しで見つめてくるので何も言えなくなってしまう。

（でも、やっぱりいいわけがないもの）

半分はからかっているのだろうと判断し、微妙に落ち込んだ。

お花を四十分ほど習った後、奥の茶室に移り、お茶の稽古を始める。

センスの無さも手伝っていろいろと大変そうなお花だが、お茶のほうも覚えることがたくさんで、気を抜くことはできない。

「まずは、茶室への入り方、畳の部屋での立ち居振る舞いから始まり、菓子と薄茶《うすちゃ》のいただき方、茶碗の拝見など、客としての作法を習得する。それから、いよいよお茶を点《た》てる。亭主としてのお点前《てまえ》の稽古は、より丁寧に順を追うぞ。服紗《ふくさ》、茶巾《ちゃきん》、茶杓《ちゃしゃく》、柄杓《ひしゃく》、茶筅《ちゃせん》などの道具の扱いを割り稽古でひとつひとつ学び、その上で、薄茶点前《うすちゃてまえ》を通しで行う」

先生から稽古の順序を聞いた私は、炉《ろ》の前に座ってお茶を点てるなんていうのは一体いつのことになるのだろうと、気が遠くなってしまった。

「大丈夫だよ、織江。君は案外と器用だからね、習得もスムーズだろうと俺は見込んでる」

確かに私は、手先は器用かもしれない。学校の成績には反映されないが、生活の中ではたまに役立つこともある。

でも、なぜ先生にそれが分かるのだろうと目で尋ねると、心を読んだみたいに答えてくれた。

「指遣いを見れば一目瞭然。前にも言っただろう」

「指……あ」

初めて先生と出会った日、富有柿《ふゆうがき》を剥《む》かされた。あの時、先生は私のナイフの使い方を褒め、『指遣いがきれいだ』と言ったような気がする。滅多に褒められないから、大変な状況だったにもかかわらず脳が記憶していたようだ。

私は、その後のこともついでに思い出してしまって動揺したけれど、先生は落ち着いたもの。私の焦《あせ》りを知ってか知らずか、力強く励ましてくれた。

「自信を持って、根気よくやりなさい」

まっすぐに見つめてくる瞳にどきっとして、またしても見惚《みと》れるところだったけれどなんとか踏ん張り、初めてづくしの稽古に入っていった。


「もう少し時間があるな。最後に俺が茶を点《た》ててやろう」

先生は茶室を出ると、しばらくしてから鉄瓶《てつびん》を手に戻り、火鉢《ひばち》にかけた。注《つ》ぎ口から湯気が出ているので、お湯を沸かしてきたのだろう。

「織江、懐紙《かいし》を用意してここに座りなさい」

菓子をのせたり茶碗を拭《ぬぐ》ったり、様々な用途に使われる二つ折りにたたんだ懐紙は、お茶の稽古にかかせないものだ。

　数枚の束にした懐紙を持って火鉢のそばに移動した私の前に、先生は菓子器を置いた。美味《おい》しそうな和菓子が並んでいる。

「柿を模《も》した練り切りだ。生菓子は濃茶《こいちゃ》の菓子だが、稽古では薄茶点前《うすちゃてまえ》でも出している。腹が減っただろ」

「わあ、ありがとうございます。嬉しいです」

　お握りを食べてきたけれど、稽古に力が入りすぎたためか、すでにお腹がすいている。ボリュームのある生菓子はありがたかった。

　思わず喜んでしまった私に先生は微笑《ほほえ》むと、水屋《みずや》というお点前《てまえ》の準備をするための部屋に入り、丸盆を運んで出て来て、火鉢の前に正座した。

　丸盆にはお茶を点てる道具が揃《そろ》えてあるようで、その上に服紗《ふくさ》が掛けられている。

「お盆点《だ》てと言って、お茶を気軽に楽しむ略点前《りゃくてまえ》だよ」

「略点前……そういうのもあるんですね」

「うん。今回は運びも省略して、超ダイジェスト版だけどな。客作法の稽古も兼ねるから、そばでしっかり見ていなさい」

「はい」

　懐紙にのせた練り切りを菓子楊枝でいただきながら、先生がお茶を点て始めるのを見学する。

略と付くくらいだから簡単そうだし、自分にもすぐに覚えられるのではと思った。

だが、菓子を半分食べたところで、口を動かすのも空腹も忘れてしまう。私はいつのまにか、吸い込まれるようにして先生の点前に見入っていた。

服紗《ふくさ》をさばき、抹茶《まっちゃ》を入れる器である棗《なつめ》を拭《ふ》く。茶杓《ちゃしゃく》で抹茶をすくい、茶碗に入れる。鉄瓶の湯を注ぎ、茶筅《ちゃせん》でお茶を点《た》てる。入門したばかりの私には、どうすればこんなに一つ一つの動作が極《き》まるのか見当もつかない。

ただこれは完璧で本物の所作《しょさ》なのだと、全身の感覚が理解している。

流れるような手順から、目が離せなくなっている。

お茶を気軽に楽しむ略点前だと先生は言ったが、考えてみれば、道具の扱いや作法は本式の点前と変わらないはず。すぐに覚えて真似するなんて、できるわけがない。

自分の浅はかな考えが恥ずかしい。

そして今初めて、浦島先生の清廉《せいれん》な佇《たたず》まいの理由が胸に落ちた気がした。

着物をぴしっと着こなし、しゃんと背筋を伸ばしているからというだけではない。身体の芯《しん》まで茶道を極《きわ》めている人だからだ。

私は瞬《まばた》きもせず、先生をじっと見つめる。

緩急をつけた動きはリズミカルで滑《なめ》らかで、わずかな迷いもない。それはきっと、日々稽古を繰り返すことでのみ身につく本物の技だ。その動きは、シンプルな手順だからこそ際立つのかもしれない。

すごく、きれいだと思う。

「織江？」

気がつけば、茶碗が私の前に置かれていた。細《こま》やかな泡を浮かべたお茶の緑が、染付け茶碗の白に映えている。

「どうした。腹が減ってるんじゃないのか」

「すみません、私……つい見惚《みと》れてしまって」

「ん？　俺にか」

「いえっ、そうではなくて」

慌てて首を左右に振るが、先生が真顔になって見据えるので、正直に頷《うなず》いた。

「……はい」

きっと、気付かれている。

白状すると、今だけではない。初めて出会ったあの夜から、もう何度も先生に見惚れている。好みのタイプじゃないはずなのに、どうしてか魅力を感じてしまっている。

信じられなくて、認められずにいたけれど。

（本当に、どうしてなんだろう）

「そんな眼で見るもんじゃない」

私の凝視《ぎょうし》があまりにも不躾《ぶしつけ》だったためか、先生は居心地悪そうに視線をそらした。

「す、すみません」

鉄瓶《てつびん》の少しずらされた蓋《ふた》の隙間から、湯気がもれている。静かすぎて、二人きりでいることを急に意識してしまう。

「お茶が冷めるよ。亭主が点《た》てたお茶をタイミングよくいただくのも客作法だぞ」

「はいっ」

妙に返事に力を込めてしまった。

先生のくすっと笑う気配に緊張が解ける。どきどきする胸も少しは収まってくれたけれど、こんなことでどうするのだろうと不安になる。

果たしてこれから先、この先生のそばで落ち着いて稽古ができるのだろうか。


「ありがとうございました」

「お疲れ様でした、織江」

稽古が終わり、扇子を膝の前に置いてお礼の挨拶をした。

時計は午後十時を回っている。茶室の窓から見えるのは真っ暗な庭と、ガラスに映る二人の姿だけ。虫の鳴き声も聞こえず、屋敷は静寂《せいじゃく》に包まれている。

私はトートバッグを引き寄せると、立ち上がった。正座は平気なので足はまったく痺《しび》れていないが、挨拶をしたとたんに絡み始める先生の視線でよろけそうになった。

「もう帰るのか」

「えっ？」

どきーんとして、思わずトートバッグを胸にかき抱く。先生はにやけた顔で、少しずつ後退《あとずさ》りしている私を見上げた。

「も、もう帰るのか、と申しますと？」

分かっているけど、あえて尋ねる。頭の中では、先生の声がめちゃくちゃに反響して、混乱しそうだった。

『徹底的に仕込んでやる』

『君がその気になるまで何もしない』

先生は約束してくれた。性急に求めることは絶対にしてこないと自分に言い聞かせるが、確固たる根拠はない。そもそも生身の男の人に、そんなきれいごとが守りきれるのだろうか。

突然がばりと先生が立ち上がる。

私は声にならない悲鳴を上げた。

結界が解かれた今、先生はもう先生ではなく、三十二歳の独身男、浦島章太郎なのだ。

「ななな、何もしないって、言いましたよねっ」

「誘ったのは君だろ。まったく、稽古中にあんな眼で見るやつがあるか」

「はい？」

わけが分からないうちに抱き締められ、すぐに思い至った。先生のお点前《てまえ》に見惚《みと》れて凝視《ぎょうし》してしまったことを、この人は責めているのだ。

「違うんです！」

「違わない。君は俺を誘ったんだ。稽古中は手も足も出ないだろうと、俺をからかったんだな」

悪意のある解釈に驚き、もがいて逃れようとするが、鋼鉄《こうてつ》の腕はびくともしない。

さらに強く抱き締めてくる。

「あ、あれはですねっ」

「どっちでもいいよ。とにかく、大人しくしろ」

「だって、私はまだ……」

先生は必死に見上げる私の顎《あご》をとらえると、顔を近づけてキスをし、お返しのように見つめてきた。薄茶《うすちゃ》色の瞳は、涙を湛《たた》えたように潤んでいる。

「まだ駄目か？」

切なげな問いかけに、やっとのことで頷《うなず》く。男の人の情熱と、胸元から立ちのぼる香りにくらくらして、今にも倒れてしまいそうだった。

「ああ、もう、本当に君は……」

悔しさがありありと分かる呻《うめ》きに心から詫《わ》びるけれど、どうしようもなかった。

でも先生は、私を離さなかった。腕の力は抜いたけれど、私を包んだままでいる。大切に、壊れないように、なだめるように。

「仕方ないね。ま、織江らしくていいんだけど……ゆっくり慣らすか」

先生の胸にもたれ、がっしりとした腕に抱っこされる。ほどよい電流が全身をめぐり、さっきまでの緊張もほぐされるようだった。

ずっとこのまま甘えていたいと思えるほどに心地良い。

「ん？」

それなのに、先生は急に私を引き剥《は》がすと、くんくんと鼻をひくつかせた。危険を察知した野生動物が、天敵の位置をつきとめようとするかのような仕草である。不愉快そうに眉を寄せると、私の胸元にあるバッグに目を留めた。

「織江、何を持ってきたんだ？」

「えっ、あ」

そういえば、バッグに入れておいたのをすっかり忘れていた。先生に味わってもらおうとして持参した、トモミ珈琲のオリジナルブレンドである。

「これ、うちの会社の製品なんです。すごく美味《おい》しいブレンドコーヒーで、お試しセットをお持ちしたんです」

　先生は私から離れ、後退《あとずさ》りした。

「あの？」

「営業か？　それなら俺に言っても無駄《むだ》だぞ。俺は単なる経営者で、店は店長に任せてあるんだからな……うっ」

　鼻と口を手で覆い、顔を背けている。

　やはり営業と間違われてしまったけれど、この反応は少し大袈裟《おおげさ》ではないだろうか。

「先生、私はそんなつもりじゃ」

「待て、寄るな。近付くんじゃない」

　一歩進んだ私を、手のひらで制した。さっきと反対の立場になってしまい、私はおろおろする。先生の顔色が悪い気がして、本気で心配になってきた。

「どうかしたんですか。どこか悪いんですか、先生」

「そうか、そういえば君の勤め先はトモミ珈琲だったな。よりによって……」

「え？」

　もっとよく聞こうとして近付くと、先生は身をひるがえして茶室を出てしまい、閉めた襖《ふすま》の向こうからはっきりと言い放った。

「悪いが俺は、コーヒーが大嫌いなんだ！」

思ってもみない弱点だった。

先生は子供の頃、母親が淹《い》れた〝強烈に苦いコーヒー〟を飲まされて以来、匂いを嗅《か》ぐのも嫌になってしまったらしい。

「あまりのショックに一週間も寝込んだ。最悪だった」

「た、大変でしたね」

トートバッグの中で、ドリップコーヒーの袋が破れ、粉がもれていた。先生に抱かれてバッグがもみくちゃになった時、外袋が破裂したようだ。

それにしても、コーヒーが嫌いだなんて残念すぎる。私は大好きなのに、仮に、いつか二人がデートするとしても、これでは一緒に喫茶店にも行けない。

「お店の経営はどうされているんですか？　確か喫茶店でしたよね」

「お袋に店は手放さないよう言われてるから仕方なく経営を続けているが、基本的に俺はノータッチ。開業当初から働いてる人に店長になってもらって、任せてある。ちなみに喫茶店ではなくカフェだそうだ。俺にはどうでもいいがね」

コーヒー嫌いになった理由には同情するけれど、投げやりな言い方がちょっぴりおかしかった。無敵な仁王様にも泣きどころがあったのだ。

お店の名前とか、お母さんについてとか、いろいろ気になるけれどそういうことなら追及しないでおこう。

「……織江はコーヒーが好きか？」

こくりと頷《うなず》くと、小さなため息が聞こえた。

「それはそうだろうな。嫌いなら、コーヒーの会社には勤めんだろう」

「すみません」

「君が謝ることじゃないよ。俺こそせっかくの気持ちを無にして」

済まなそうな様子に胸がきゅんとして、とても可愛《かわい》いなんて感じてしまう。

「喫茶店に付き合うこともできないな」

残念そうにした私に気を遣っているのだ。首を横に振り、自分の気持ちを熱心に伝えた。

「いいんです。別にコーヒーじゃなくても、紅茶とか、緑茶カフェっていうのもありますし、先生と二人で、まったりできれば」

そう、先生さえいてくれたら……

「織江」

眩《まぶ》しそうに見つめてくる瞳に、もう一度きゅんとなった。

先生は駐車場まで送ってくれた。

夜風が冷たいけれど、玄関を出てからずっと繋《つな》がれている手から伝わる熱で、ぽかぽかと温かくなる。反対側の手には、トートバッグを提《さ》げて。

「うふふ」

自然に零《こぼ》れた私の笑みに、先生が照れている。

強引なのに優しくて、無敵のようで弱い部分もある。大きな手に包まれた私は、ほんのりと幸せな気分になった。


十二月も後半に入り、季節はすっかり冬である。

いつものとおり、水屋《みずや》で茶道具の準備を整えてから、茶室の下座《しもざ》に正座して浦島先生を待つ。

部屋は暖房が入って暖かいけれど、今夜は日本列島に寒気が押し寄せているようで、夜半には雪が降るかもしれないとの予報だった。

「先生、まだかなあ」

時間は夜の九時を回った頃である。

さっきまで窓を鳴らしていた風も止み、静けさが深まっている。

台所にお湯を沸かしに行った先生を待つ間、古い蛍光灯に照らされた八畳敷の茶室を見回す。

炉《ろ》が切られた畳。床《とこ》の間《ま》には掛物と花。

にじり口という、正式な茶事《ちゃじ》での席入りに使われる、庭からの小さな出入り口。茶室独特の構造と雰囲気に、初めの頃は緊張したけれど、慣れて来ればここは、私にとって世界中のどの場所よりも居心地の良い、特別な空間になっていた。

稽古を重ねるごとに茶道を好きになっている。先生も『織江は俺が見込んだとおり筋《すじ》がいい』と、率直に褒めてくれるのでますます張り切ってしまう。

稽古の効果は、仕事にも表れている。

背筋を伸ばす癖がついたのか姿勢がよくなり、支店長から猫背を指摘されなくなった。営業マンから表情が明るいなんて言われるのも、うつむき加減だった顔を上げているせいかもしれない。

それによって、少しずつ自信がついて前向きに仕事に取り組めるようになった。こんなに短期間のうちに仕事に対する意識が上向くなんて、ちょっと信じられないことだ。

茶道ってすごいんだなと思う。

一期一会《いちごいちえ》。亭主が心を尽くして客をもてなし、客も心でそれに応える。たとえば薄茶《うすちゃ》を一服点《た》てるのにも、季節や気候に合わせて湯の温度や抹茶《まっちゃ》の量を加減する。おもてなしの心を込めて点前《てまえ》を行うのだ。

〝心を込める〟は、〝工夫する〟ことでもあると先生は教えてくれた。状況を把握して、どうすればいいのか自分で考えて実践する。それは、仕事をするうえでも大切なことだ。

茶道の稽古は、努力を積んで思考を鍛える精神修養《せいしんしゅうよう》でもある。茶道の流れを細かく区切ってひとつひとつの動作を学ぶ割り稽古が始まってから、そのことがぼんやりとだが分かるようになってきた。

私にとっては大変な道だけど、浦島先生のもとでなら頑張れる。先生が理想的な師匠であると実感できることが嬉しかった。

緊張しすぎて失敗しても先生は大らかに受け入れ見守ってくれる。そうすると私はリラックスして、同じ失敗を繰り返さずに進むことができるのだ。

『自信を持ちなさい』

『根気よく続けて』

タイミングよくかけられる声に励まされ、歩いて行ける。私は生まれて初めて、どこまでも続く道を発見できた気がする。

でも、ただひとつだけ、困ったことがある。

手本を見せる先生に、ついつい見惚《みと》れてしまうのだ。

ぼーっとして思考が止まるのは相変わらずで、これぱっかりはなかなか直らない。先生はしょうがないなと言って笑うが、直すように注意することはない。

それどころか愛おしそうに見つめてくるので、へんな気分になる。また誘っていると思われたかなと慌てるけれど、そんなこともないようだった。

なぜなら先生と私の関係は、稽古の進み具合に比べて全く進展がないのだ。

稽古が終わり扇子を前に私が挨拶を済ませると、そっと引き寄せてキスをし、抱き締めるだけ。すうーっといい匂いがして、力が抜けそうになる直前に解放されてしまう。

私はぐるぐると悩んでいる。先生が今、二人の関係についてどう思っているのか、これから先どうすればいいのか、いくら考えても答えが見つからない。

その気になったと私から申し出ればいいのだろうか。

でも、そんなあからさまなこと言えるわけがない。

先生だって分かっているはずなのに。

悶々《もんもん》、ぐるぐる、もやもや――

私はもう、自分を持て余すくらいに先生を、浦島章太郎さんという男の人を好きになっている。


「待たせたな、織江」

襖《ふすま》を開けて先生が入ってきた。先生のことばかり考えている私は、どきっとしてしまう。

「水が冷たいせいか、なかなか湯が沸かなくて。今夜は冷え込んでるぞ」

先生は平常心で、常に変わらない態度である。

釜《かま》を炉《ろ》にかけ、窓の障子を閉めてから、私の前に正座した。

「よし、湯も用意できた。稽古を始めようか」

「はい」

「今夜は一度、通しで薄茶点前《うすちゃてまえ》をやってみなさい」

「はい……えっ？」

「お茶を点《た》てて客に出し、薄茶器と茶杓《ちゃしゃく》の拝見、道具を引くまで。俺が教えるから、運び出しから順番に、ゆっくり稽古しよう」

甘味処《かんみどころ》などでいただく、さらりとした口あたりの抹茶《まっちゃ》を薄茶という。その薄茶を点てる作法が薄茶点前である。

茶事のメインとなる濃茶点前《こいちゃてまえ》と比べれば省略された形式だが、茶の湯では大切な基本の点前であるという。

（緊張するなあ。それに拝見なんて、先週少し教わっただけなのに。いくらなんでも進みすぎなのでは？）

まごつく私に、師匠としての厳しい眼差《まなざ》しを向けてきた。

「何ごともやってみなければ身につかないぞ、織江」

正客《しょうきゃく》として客畳《きゃくだたみ》に座る先生の前で、薄茶点前を始めた。割り稽古で覚えたことをひとつひとつ思い出しながら手順どおりに進めていく。

時々まごついても先生は黙って見守り、次の動作が分からず完全に手が止まった時だけ、短く教えてくれた。

緊張しながらもお茶を点《た》てるところまで辿《たど》り着き、先生が飲み切って茶碗が戻って来ると、いよいよ拝見の作法である。

拝見とは――

茶事《ちゃじ》や茶会で亭主が用いた道具を客が拝見し、作や銘《めい》を尋ねる。道具にはそれぞれテーマが込められているので、亭主とやりとりすることでその趣《おもむき》を理解し、亭主の心入れを知る……ということである。

（ええと、何て言ったっけ。確か、誰々好みの何々って答えるんだよね。例えば、利休好みの中棗《なかなつめ》でございます、とか）

棗《なつめ》について先生が尋ねるけれど、自信が持てずスムーズに言葉が出てこない。

無言の私に、もう一度問いが繰り返される。

「お棗は？」

「えっと……その」

内心じたばたして焦《あせ》りまくり、目をきょろきょろさせて、汗を飛ばしている。先生は、そんな漫画みたいな私の状況を、なぜか微笑《ほほえ》ましそうに眺めている。

いつものように見守ってくれているのだと思うけれど、なんだかとっても嬉しそうに見えるのは気のせいだろうか。

先生は、私の困っている姿をじゅうぶん堪能《たんのう》したあと、答えをくれた。

「貴方《あなた》好みの私でございます」

そのまま復唱しかけて、顔を上げた。まっすぐな視線が、続きを促《うなが》している。

「わ、私で……ございます」

パニックになり、そのまままくりかえした私に、先生はふっと笑うと、立ち上がって窓辺に歩み寄り障子を開く。

夜の庭に、雪が舞っていた。


お礼の挨拶をしたあと、先生はいつものように私を引き寄せるとキスをして、膝に抱いた格好《かっこう》で抱き締めてくれた。胸にもたれ、いい匂いにうっとりとして目を閉じかける。

だけど、やっぱりそこで解放されてしまうのだ。

「時間は少し早いがこんな天気だからね、もう帰ったほうがいい」

「あ、はい」

今夜は寒くて温もりが恋しいせいだろうか、離れがたい気持ちになる。先生は私のことを心配して言ってくれるのに、なぜだか追い返されるみたいに聞こえた。

「あのう、先生」

「うん?」

私は何を言おうとしているのだろう。どきどきしながら、上目遣いでそっと見る。

先生はすぐ目の前にいるのに、覗《のぞ》き見るようにしてしまうのが情けない。我ながら、物欲しげな態度だと思う。それでも私は、どうしても何も言えなくて、だからといって帰ることもできなくて。結局、別のことを口にしていた。

「年末年始は、稽古はお休みですよね」

月の初めに聞かされてはいた。でも、居心地の良いこの場所で、週に一度先生に稽古をつけてもらうことが何よりの楽しみになっている今、予定変更を強く望んでいる。

「ああ、休みだ。織江は一月十日が稽古始めだよ」

「そうでしたね……やっぱり」

先生の年末年始は忙しい。特に年が明けてからは、宗家《そうけ》で催される初釜式《はつがましき》をはじめ、地元で行われる初茶会や、茶華道《さかどう》のイベントにも出掛けて、ほとんど留守になるとのこと。在宅中も土地の賃貸契約を結ぶ企業から挨拶を受けたりと、来客も多いらしい。

予定が変わるわけがない。

(普段も忙しいみたいだものね)

華道家でもある先生は、平日は旅館や料亭に依頼されて玄関や床《とこ》の間《ま》に花を活ける仕事が多いらしい。時にはオフィスビルや百貨店のロビーに、大掛かりな生け花を頼まれることもあるそうだ。そんな時は教室の生徒が助手をつとめるのだと、三船さんが教えてくれた。

土日は主に文化講座の茶道講師をしている。年間契約もあればごく短い講座もあり、外国人向けスクールの依頼も受けているようだと、これも三船さん経由で母から聞いた。

ご両親が海外住まいだけあって英語が得意で、外国人とのコミュニケーションにも慣れているとのこと。重宝がられて遠方からもお呼びがかかるのだそうだ。

（そういえば、家族との年末年始はどうしてるんだろう。ご両親がアメリカから帰って来るのか、それとも先生が会いに行くのかな。欧米ではクリスマスを家族で過ごすのが一般的みたいだし、家族旅行も多いホリデーシーズンのはず）

「ご両親はクリスマスに帰国されるのですか？」

何気なく尋ねたつもりだった。特に深い意味などなく、単に世間話的な気軽さで。

それなのに、先生の顔が強張《こわば》った。ほんの一瞬だったけれど、私は見逃さなかった。

「いや」

先生は短く返事をしてにこりと笑うが、なんとなくぎこちなくて、いつもの朗《ほが》らかさが欠けている。いけないことを訊《き》いてしまったのだろうか。

「向こうも俺も仕事が忙しくてね。それに、こっちにクリスマスは関係ないし、俺もまあ行く気もないし」

「え？」

　行く気もないとは、どういうことだろう。自分の両親に対して、ちょっと冷たい感じがする。

「さて、雪が積もってくるぞ。早く帰りなさい」

　先生はさっと立ち上がると、私を促《うなが》すようにして廊下に出る襖《ふすま》を開けた。

（どうしたんだろう）

　背中を向けてしまった先生に何も言えず、黙ってついて行くしかなかった。

　玄関の引き戸を開けると、雪が舞い込んできた。地面が白くなり、ますます激しく降っているのが見える。

　先生は和服用のコートを広げて、私ごと包むようにして羽織った。自分の身体にくっつけて抱き寄せ、片方の手で傘を差してくれる。

「あったかいだろ」

「は、はい」

　いつもどおりの優しさにほっとするけど、ついさっきのぎこちなさが気になってくる。ご両親について訊《き》いたことが気に障ったのだろうか。

「さて、来週は今年最後の稽古だ。いつもの葉蘭《はらん》ではなく、松や梅を使った正月用の花を活けるから、お母さんにも喜んでもらえるぞ」

「はい、楽しみです」

茶道ほどではないけれど、お花の稽古も進んでいる。これからは葉蘭ばかりでなく色とりどりの花を活けることができそうだ。

お花の話題で気がそれて、先生の家族についてはそれきりになった。

車に乗り込むまで、雪に濡れないよう傘を差しかけ私を守ってくれる。男らしい仕草と優しさに、心はほっこりと温まる。

先生が話したくないなら、今はまだ聞かなくていい。そもそも二人の関係自体がまだ曖昧《あいまい》で、具体的な形を成していないのだから。

「慌てないで、スピードは控えめにな」

心配そうな先生の注意をよく聞いて、慎重な運転で雪の夜道を帰った。

◇◇◇

今夜はクリスマスイブ。

彼女とのデートを予定している若手営業マンが、大車輪で仕事を片付けて帰って行った。

「いつもはダラダラ残業してるくせに、呆《あき》れるわねー」

文句を言う加奈子さんだが、彼女も今夜はテーマパークのイベントに家族と出かけるそうで、ウキウキしている。

恋人に家族にと、大切な人とイブを過ごす人々を、毎年毎年眺めているだけの私。

「予定が無いからと言って寂しがることはないよ、野々宮さん。クリスマスはそもそも外国の行事なんだからね」

予定が無いとも寂しいとも言っていないのに決め付けてくる支店長はちょっと失礼だと思うけれど、仕方がない。端からはそう見えるのだろうし、実際当たっている。

「はぁー」

盛大なため息をついて、あの人のことを考える。

そう、去年までの私なら、予定が無くても特に寂しくはなかった。でも今年は違うのだ。浦島章太郎さんという、好きな人ができてしまったのだ。

（会いたいなあ）

想いはつのるばかりだが、身動きが取れないでいる。

今頃何してるのかな。クリスマスも仕事なんだろうけど、今夜はどこにいるのかな。あれこれ想像するだけで、電話をかけてみるとか、予定を聞いてみるとか、誘ってみるとか、行動に出ることはしない。

なぜなら、先生に対して自分から行動を起こす勇気が、全然ないのだ。

先生は、『その気になるまで手を出さない』という約束をきちんと守り、強引に迫ったりしない。私が怯《おび》えると思い遠慮しているのか、それともすべてお見通しで焦《あせ》らせているのか。

気持ちが分からず反応も予測できないから、勇気を出せない。

（そういえば、ご両親の話をした時『こっちにクリスマスは関係ない』って言ってた。先生にとってクリスマスは、特に意味のない日なのかな）

「えー、浮気？」

突然聞こえた声にびっくりして加奈子さんを見ると、携帯片手にお喋《しゃべ》りしている。帰り支度《じたく》をして、退社チェックも終わった様子だ。

「イブに誘われないなんて確かに怪しいけど。心配なら電話してみなよ」

業務を終えたイブの事務所はのんびりムードで、個人的なお喋りを気にする人もいないが、私だけが耳をそばだてている。

「はいはい、大丈夫よ。頑張ってね」

携帯を閉じると、私の視線に気付いて肩をすくめた。

「独身の友達なんだけど、付き合ってる人がイブに誘ってくれないんだって。浮気だったらどうしようって心配してんの」

「そ、そうなんですか」

異様にどきどきしている。私は浦島先生については誰にも相談していないし、加奈子さんが状況を知るわけもないけれど。

「電話して確かめればいいのよ。百パー浮気だろうけど、ウジウジ悩むより前向きでしょ」

衝撃を受ける私に加奈子さんは「お先に」と手を振り、帰って行った。なんというタイミング——クリスマスだけに、天の啓示《けいじ》かもしれない。


こんな日にまっすぐ家に帰る気にはならず、時間も早いことだしと、街に寄って買い物でもすることにした。百貨店のパーキングに車をとめ、通りに出てぶらぶらと歩きだす。

しばらくすると小腹が空いたので、途中でファストフード店に立ち寄りハンバーガーセットを食べた。エネルギーを充填《じゅうてん》したものの、特にすることがないことにふと気づいた。考えてみれば、買いたいものがあるわけでなし、見たいところがあるわけでもない。用の無い街を当てどなくさまようほかないのだ。

イルミネーションの輝く通りをカップルが寄り添っておとおり過ぎるのを横目に、私は段々と惨《みじ》めになってきた。

（どんなに忙しくても、イブには大切な人と一緒に過ごしたい。外国の行事だと割り切っているとしても、ほんの少しくらいそんな気持ちにならないかな）

もしかしたら、先生は私に何も期待してないのかもしれない。いや、むしろいつまでたっても消極的な私に、冷めてきたのではないか。

（でも先生は優しいし、態度も好意的だし、きっと大事にしてくれてるんだ）

頑張って自分に言い聞かせても、それを上回る勢いで不安がどんどん胸に広がっていく。

『百パー浮気だろうけど』

加奈子さんの断定的な言葉は彼女の友達に対するものなのに、まるで自分が言われたかのように頭から離れない。

歩道の隅に移動して、バッグからスマホを取り出してみる。

（電話してみよう）

一度はそう決心したものの、いざ本当にかけるとなると、何を話せばいいのか分からない。忙しいところに割り込むのは迷惑かなとか理性も働いてきて、指が動かない。

「もう、どうすればいいんだろ」

スマホを胸に押し当て、ビルの壁にもたれる。

——どうしようもなかった。

ため息を吐いて、道路を挟んだ向こうの通りになんとなく視線を投げる。正面のホテルから、派手な髪色の、背の高い女性が出てくるのが見えた。一見して外国人だと分かるその女性は、胸元が大きく開いた黒のロングドレスに毛皮のコートを羽織り、遠目にも目立って美しい。これからパーティーにでも出かけるのだろうか、などと想像しながらぼーっと見惚《みと》れる。

「私がもしあれくらい美人でセクシーな大人の女性だったら、自信を持てるのになあ」

彼女の背後に見覚えのある男性を発見したのは、そんな不毛な望みを呟《つぶや》いてすぐのこと。

「う、浦島先生？」

まさかと思ったけれど、四六時中あの人のことを考えている私が、他の人と見間違えるはずがない。それに着物の上に羽織っている和服コートは、雪の夜に私を包んでくれたものと同じである。

ビルの壁から離れると、街路樹の陰にそっと隠れて二人を観察した。

向かい合い、何ごとか言葉を交わしている。距離も近く、互いに微笑《ほほえ》みを浮かべてかなり親しげな様子である。

（その人は誰？　どうしてホテルから出てきたの？）

頭に浮かぶ疑惑を必死で打ち消しながら、観察を続ける。

先生は彫りの深い顔立ちで、体格もよくて、洋画に出てくる俳優のようだといつも思っている。女優のように華やかで美しい外国人女性と並べば、顔も、背丈も、体格的なボリュームも釣り合いが取れて、はっきりいって似合っている。

現実を見せ付けられた気分だった。

（あ……）

先生が女性を抱き寄せると、女性も同じように抱き返す。女性は名残惜《なごり》しそうに取り合った手を離すと、目の前にとまったタクシーに乗り込み走り去って行った。

先生はしばらくその場に立っていたが、タクシーが交差点を曲がったのを見送ると身体を返して反対方向へ歩き出した。そしていつもどおりに堂々と胸を張り涼しい顔で雑踏《ざっとう》に紛《まぎ》れていく。その後ろ姿を私は瞬《まばた》きもできずに見つめていた。

クリスマスも仕事で忙しいはずなのに。

どうしてこんなところで女の人と一緒にいるの――？

鈍《にぶ》い私にもようやく分かった。

クリスマスにご両親が帰国するのかと訊《き》いた私に、顔を強張《こわば》らせた先生。あの表情はご両親のことを訊かれたからではなく、イブの予定を私にたずねられては困るからだったのだ。なぜなら、イブは女性とデートの約束をしていたから。

――イブに誘われないなんて。

――百パー浮気だろうけど。

あれは正に天の啓示《けいじ》だったのだ。猛烈《もうれつ》な勢いで湧き上がってくる感情をこらえきれず、小刻みに身体が震えた。自分でも戸惑うくらいに強すぎて止めることができない。子供の頃からこれまで、他人に対してほとんど抱いたことのない激しい感情だった。

私はスマホをバッグに放り込むと、百貨店へ駆け戻った。


いつの間にか、浦島家の門前に立っていた。

腕時計を確かめると、夜の七時半を回ったところである。屋敷周辺は人も車も通らず、クリスマスに賑《にぎ》わう街とは対照的にシンと静まり返っている。門の奥を覗《のぞ》くと先生は帰ってきているようで、家には灯りが点っている。

怒りに任せて来てしまった。本当に私なのかと思うほどの衝動的な行動だった。

コートの下に身につけているのは、たっぷりとしたドレープが女らしい、黒のドレス。百貨店の高級ブランドが並ぶフロアで、黒のドレスがディスプレイされている店に入り、できるだけセクシーなデザインをお願いしますと所望《しょもう》した。店員が出してきたものから選んで試着し、値段を聞いて躊躇《ちゅうちょ》したが、思い切ってその場でタグを取ってもらうと専用の下着も一緒にそのままカードで購入してきた。

(どうしよう、こんな格好《かっこう》で……)

冷静になってみると、あまりにも大胆なデザインである。

高級ブランドだけあって、女らしくて品のあるシルエットだけれど、それにしても色っぽ過ぎる。

胸元が大きく開き、少し屈《かが》んだだけで谷間が覗《のぞ》けるし、スカート丈は短めで、正座なんてしたら腿《もも》がむき出しになるだろう。あの外国人女性のように、せめてロング丈だったなら。

(うう、どうしよう、どうしよう)

先生に会って女性とのことを問い詰めたい。浮気するなんて酷《ひど》すぎる。怒るあまりに対抗意識を燃やしてしまった。顔もスタイルも敵うわけがないのに、悲しくて。でも……

「帰ろう……」

門を離れて、駐車場に戻ろうとした。

先生に会っても仕方がないのだ。思えば先生のような人に私が似合うわけがない。ひと目惚《めぼ》れと言っていたのも最初から信じられなかったのだ。なのに、いつしか先生を信じてしまっていて……

涙が滲《にじ》んだ目尻に指を当てる。ドレスにそぐわない薄化粧に今更気がつき、自分の間抜けぶりにつくづく呆《あき》れてしまう。

だけど――

出会ってからこれまで、先生と過ごした時間は短くても私にとってはかけがえのない日々だった。

先生に会えるのが嬉しい。木曜日が待ち遠しい。お茶もお花も夢中になって稽古した。

毎日が楽しくてうきうきして、仕事だって頑張るようになっていた。

そんな日々にここでさよならするのだろうか。

先生とさよならできるの？

自分の心に問いかけたが、悲しくて答えられない。

『自信を持ちなさい』

『根気よく続けて』

いつも私を励ましてくれる、大好きな声に顔を上げる。みっともなくても間抜けでもいい。惨《みじ》めな結果になろうとも、このまま諦めるなんて間違っている。今の私には先生を失うことが何より辛いのだから。

「本当のことを知りたい」

振り返ると、冷たく吹きつける北風に逆らい先生のもとへと向かった。信じられないけれど、信じたい。彼を想う気持ちだけが足を進ませていた。

どきどきしながら呼び鈴を押すと、しばらくしてから廊下を歩く音が聞こえ、玄関の引き戸が開いた。

「織江」

先生は驚いた様子だが、私も驚いてしまった。頭に手ぬぐいを巻いて、大きなマスクをして、目だけ出している。それに、いつものような着物姿ではなく作務衣《さむえ》を着ていたので、一瞬別の人かと思ってしまった。

「こ、こんばんは」

教室のある木曜日以外に訪問するのは初めてだった。先生は奥の部屋で、何かの作業をしていたのだろう。いざ本人を目の前にして、突然予告もなしに来てしまったことに、急に恥ずかしさと気まずさを覚えて縮《ちぢ》こまった。

だけど先生はマスクを外すと、いつもと同じように微笑《ほほえ》み優しく接してくれた。

「こんばんは。どうしたんだ、突然」

「あの……」

何も言えなくなってしまい、ただ黙って先生を見上げる。街で見かけたことや外国人女性のこと、なぜホテルから出てきたのか、彼女とデートだったのかなど、訊《き》きたいことが胸に渦巻き、喉元まで出かかっているのに、どうしても声にならない。

「――時間はあるか？」

「え……」

先生は再びマスクをすると、突っ立ったままの私の手首をつかんで、玄関の中に入れた。

「今、大掃除をしてる最中でね、ちょうど人手がほしいと思ってたところなんだ。手伝ってくれると、ありがたいんだけどな」

目もとでにこっと笑い、廊下の奥を指差した。

「は、はあ。時間は、ありますけど」

「よし、それなら決まりだ。早くおいで」

思わぬ展開に戸惑いつつも急いで靴を脱いだ私を、先生はぐいぐい引っ張って行く。

「普段からよけいなものは置かないようにしてるんだが、塵《ちり》や埃《ほこり》だけはあちこちに溜《た》まってしまうだろ。塵を払って掃除機をかけたところだから、あとは雑巾掛《ぞうきんが》けだ。広くて大変だが、二人でやれば早く済むだろうし、ほんとに助かるよ。さすが織江は俺の弟子だな、いいところに来てくれたね」

「いえ、そんな」

先生は、私が訪ねてきた理由を追及せず、迷惑な顔もしないで、歓迎してくれる。怒りのあまり来てしまったというのに、いつもどおりの優しい先生の様子に、何も言いだせずに流されてしまう。

これでいいのか悪いのか、判然としないまま辿《たど》り着いたのは廊下の奥にある部屋だった。廊下を挟んで茶室と反対側の、普段は閉じられている襖《ふすま》を先生が開け放った。

「服が汚れるといけないから、作務衣《さむえ》を貸してやろう。お袋のだけど、サイズは合いそうだな」

その部屋は、十二畳ほどの和室で、先生のご両親が寝室として使っていた部屋だそうだ。箪笥《たんす》をごそごそと探り、ピンク色の作務衣を取り出すと私に渡した。きちんとたたまれた作務衣は布地の色も鮮《あざ》やかで、まだ新しいもののように見える。

「冬用の綿入りキルトだから暖かいぞ。あとは、そうだな」

引き出しから長袖のTシャツと靴下を探し出し、使いなさいと言った。

「そんな、私は大丈夫ですから。お母さんに悪いです」

何から何まで借りるわけにはいかない。作務衣もそうだがTシャツも靴下も、お母さんが大事にしまっているものだ。勝手に身につけて良いとは思えずに遠慮すると、先生はちょっと厳しい目つきになった。

「掃除を手伝わせて、その上風邪なんて引かせたら、それこそ怒られちまう。俺の親は、けちなことは言わんよ」

「う……分かりました」

強めの口調で諭《さと》され、遠慮はかえって失礼なのだと思い至り素直に好意を受け取った。

「ここは寒いから、居間で着替えなさい。すぐにヒーターを運ぶから」

「すみません」

先生の手をわずらわせるのは心苦しいが、雑巾《ぞうきん》掛《が》けの手伝いでお返しすることにして、貸してもらった着替えを抱いて居間に移動する。

実際、暖かい服と靴下はありがたかった。素肌《すはだ》の露出《ろしゅつ》が多いドレスにコート一枚羽織っただけの私は、実は寒くてたまらなかった。怒りと興奮とで無頓着《むとんちゃく》になっていたとはいえ、寒い中をこんな薄着で歩き回っていたなんて、我ながら何て無茶なんだろうと思う。

コートを脱いで、あらためて自分を見下ろしてみる。こんな姿を先生が見たら、噴き出すに違いない。考えてみれば胸も大きくないし、ボリュームに欠ける身体がセクシーなドレスを身につけたって全然色っぽくない。

(ああ、先走ったことをしなくて良かった)

心からホッとしたところで、背後の襖《ふすま》が開いた。

はっとして振り返ると、先生がヒーターを抱えたまま、居間の入り口で立ち止まっていた。

「きゃあ!」

両手で前を覆い慌てて背を向けるが、大きく開いた背中を、隠すどころか余計に晒《さら》すことになってしまう。短いスカートでは足も隠せず、腿《もも》とふくらはぎがありのままのラインを見せている。

下着姿じゃないんだから、いっそ堂々としていれば良かった。セクシーなドレスを着て恥ずかしがるなんてかっこ悪すぎる。どうして私は、いつもこうなんだろう。

「いいドレスだな。パーティーだったのか?」

「……え?」

先生はヒーターを運び込むと、プラグをコンセントに差してスイッチを入れた。

「じきに温風が出てくるから、作務衣《さむえ》に着替えて少し温まってから板の間に来てくれ。俺は先にやってるけど、慌てないでゆっくり来ればいい」

「は……はいっ」

先生はさっさと部屋を出ると後ろ手で襖を閉め、廊下を忙しそうに歩いて行った。ぽつんと取り残された私はへなへなとその場に座り込む。男性としての反応はおろか、噴き出すこともなく、特別な関心を払うこともなかった。パーティーだったのかなんて、ごく普通に話しかけて、私が返事もしないうちに出て行ってしまった。

私は黒のロングドレスを纏《まと》った外国人女性を思い出し、激しい後悔に苛《さいな》まれる。ボリュームのあるメリハリボディに比べたら、私なんて幼児体型に見えるのだろう。

(馬鹿みたい。こんな似合わない格好《かっこう》で、一人で焦《あせ》って恥ずかしがって)

先生は私よりも大掃除を優先した。もっと言うなら、私の身体より床を撫《な》で回したほうが楽しくて快感なのかもしれない。だからいそいそと雑巾《ぞうきん》掛《が》けに行ってしまったのだ。屋敷中の床板に本気で嫉妬しそうになり、頭をぶんぶんと振った。

(もういい。何もかも忘れてしまおう)

素早くドレスを脱ぎ捨てると、長袖のTシャツと作務衣に着替えて靴下を履いた。どれもサイズピッタリで、私に似合いのスタイルだった。

板の間に行くと、先生が半分ほど拭《ふ》き終わったところだった。残りをやっておくようにと私に言うと、他の場所を掃除するために慌《あわただ》しく出て行ってしまった。

いつもお花を習う部屋は机をすべて端に寄せてある。意外に広く感じられるが、あと半分だけなのですぐに終わるだろう。そしたら先生を手伝いに行かなくちゃと思いながら、頑張って拭いた。

ところが、私が手伝いに行った頃には、廊下も台所も縁側《えんがわ》も雑巾《ぞうきん》を掛けるべき箇所はすべて先生によって拭き上げられ、隅々まできれいになっていた。三十分もたっていないのに、驚くような早業《はやわざ》である。

「よーし、おかげで早く終わったよ。ありがとう、織江」

もの凄い勢いで雑巾掛けを行ったらしく、先生は息を荒くして、汗までかいている。

私は板の間を半分もたもたと拭いただけで、ほとんど役に立っていない。お礼なんて言われたら、かえっていたたまれない気持ちになる。だけど、やり切ったという先生の清々《すがすが》しい顔を見上げて、例のごとくぼーっと見惚《みと》れてしまう。

(先生って、雑巾掛けもプロフェッショナルなんだなあ)

外塀はボロで、庭は草ぼうぼうで、家も古くて一見お化け屋敷みたいなのに、実は中はぴかぴかだなんて想像もつかなかった。こんな人が住んでいて、全力で掃除していることも知らなかった。

（知らなかった……よね？）

その時、ふっと感じるものがあった。遠い昔の記憶にある、曖昧《あいまい》な何かが頭を掠《かす》めた気がした。

だが、思い出す前に先生に声をかけられて、結びかけた像はかき消えてしまった。

「掃除も早く終わったことだし、ゆっくりできるぞ。まずは風呂に入って、温まってきなさい」

私はびっくりして聞き返す。

「お、お風呂ですか？」

「ああ、身体が冷えてるだろう、寒そうな格好《かっこう》をして」

「うっ」

あのドレスのことだ。

私は、コートの下に肌を露出《ろしゅつ》したあのドレスだけを着て、寒風《かんぷう》に吹かれてきた。長袖のTシャツと作務衣《さむえ》を貸してもらって温かくなったけれど、身体の芯《しん》がまだ冷たいような気がする。熱いお風呂に入ったら、どんなに楽になるだろう。だけど、風呂に入ると聞くと、なんだかとっても、変な想像をかき立てられてしまう。

もじもじしている私に、先生はからかうように言った。

「心配するな。ちゃんと今日中に家に帰すよ」

「あう、そういうわけでは……」

そういうわけなんだけれど、あまりにもストレートな答えに赤面してしまう。

「なんと言っても、嫁入り前の大事な身体だからね」

先生は朗《ほが》らかに笑って、約束してくれた。

でも、意味ありげな口ぶりがちょっぴりイヤらしい気がして、私はますます頬を熱くさせた。

・

先生は、二人きりの時間を作るために掃除を頑張ったらしい。

どういうことかよく分からないけれど、とにかく私とゆっくりしたいからというのは確かなようで、いそいそとお風呂の準備をしてくれた。

「着替えさせてばかりで悪いが、今度はこれだ」

手渡されたのは浴衣と、丹前《たんぜん》という厚い布地に綿が詰めてある防寒用の着物だった。

ピンク地に花柄が可愛《かわい》い女性用のデザインで、これもお母さんのものだろう。

「あとは足袋《たび》だな」

まっ白な足袋は、明らかに下ろしたてだった。それだけではなく、借りたものはどれも使用感がなくて、作務衣《さむえ》と同じく新品に見える。

「いいんですか、本当にお借りしてしまって」

「ああ、他でもない織江だからね、遠慮は無用だよ」

他でもない織江――

先生の優しさが、冷え切った身体に温かく沁《し》みてくる。

いろいろと気になることが未解決のままだけれど、その言葉ですべてどうでもよくなってしまうような嬉しい響きだった。

「ゆっくり入っておいで。タオルは置いてあるし、洗面台にドライヤーがあるから使うといい。髪が濡れたままだと、風邪を引いてしまうからな」

すみずみまで行き届いた気遣いに感動して、言葉に詰まってしまう。

すっかり甘えて、本当に全部忘れてしまってもいいとさえ思った。自分が先生に釣り合うとか釣り合わないとか、今さら考えても仕方のないことだから。ただ先生が大好きで信じたくて、私はここまで来たのだ。他のことなんて忘れてしまおう。

「……ありがとうございます」

先生は頷《うなず》くと、私に戸を開けて中に入るよう促《うなが》した。湯の香りがする脱衣所は温かく、先生の思いやりが満ちていた。

風呂を出てタオルで身体を拭《ぬぐ》った後、私はあることに気がついて激しく動揺した。

脱衣所の籠《かご》から、借り物である作務衣も長袖のTシャツも、そして私がもともと身に着けていたドレス用インナーも、ショーツまでもが無くなっている。浴衣と丹前と、足袋だけが残っていた。

（ど、どうしてこんな……一体誰が？　って、先生しかいないよね。でもなんのためにそんなことを？）

いくら考えても意図は分からず、ひたすら困惑するばかり。だが、とにかく無いものは身に着けようがない。せっかく温まった身体が冷めてしまわないように、急いで浴衣と丹前《たんぜん》を着ることにした。

帯はひとつだけなので、浴衣と丹前を幅広の帯一本で締めるのが正解のようだ。全体を見下ろすと着物の丈もちょうどよく、足袋《たび》のサイズまでもがぴったりだった。

（先生のお母さんは私と同じくらいの体格なのかな）

洗面台の前に立ち、ドライヤーを借りて髪を乾かした。鏡を見ながらすっぴんであることに気がついたけれど、化粧水すら持っていない。ちょっと恥ずかしい気がしたが、素朴《そぼく》な丹前に素顔はかえって違和感がなかった。

（結構、似合ってる……みたいな？）

とりあえず納得すると、脱衣所を出た。

「きゃ……」

「おっと、危ない」

戸の前に先生が立っていて、ぶつかってしまった。浴衣に着替えて肩に手ぬぐいを引っ掛けている。

「俺も入るよ。すぐに出るから居間で待っててくれ」

「は、はいぃ」

入れ違いで脱衣所に入った先生はすぐに戸を閉めてしまい、下着の行方を尋ねる間もなかった。

私の問いを避けるような素早さが、なんとなく不自然だった。

（でも、今日中に家に帰すって言ったもの。変な意味は……ないよね？）

そういえば浴衣というのは本来下着ナシで着るものだと、どこかで聞いたことがある。だから先生は下着も不要だと持っていった……とか？

あれこれ推測しながらも胸がどきどきして落ち着かず、転びそうになりながら廊下を歩いた。浴衣の布地が素肌《すはだ》に直接触れるのがくすぐったい。先生に触られているみたいに感じて、ますます落ち着かなかった。

居間に行くと、私のドレスがハンガーに掛けられていた。小さくたたんで部屋の隅に置いていたのを、先生が鴨居《かもい》に吊るしてくれたのだ。

そわそわしながら待っていると、私と同じように浴衣の上に丹前《たんぜん》を着た先生が襖《ふすま》を開けて入ってきた。湯気の立つ器《うつわ》をふたつ載《の》せたお盆を手にしている。

「喉が渇いただろう」

座卓に置かれたのは、蜂蜜《はちみつ》入りのしょうが湯だった。

「わあ、ありがとうございます」

材料のしょうがシロップは先生の手作りだそうだ。湯上りの喉を潤《うるお》し、身体の芯《しん》までぽかぽかと温めてくれる。

「美味《うま》いか？」

「はい。風味が良くて、とっても美味《おい》しいです」

しょうが湯をゆっくりと味わった後、先生は私の正面に座椅子を据《す》え、足を伸ばして悠々と座る。そして鴨居《かもい》に吊るしたドレスと私のことを見比べると、にんまりと笑った。

何もかも見透かされている気がする――

「織江も楽にするといい」

二台ある座椅子の一方を、私にもすすめてくれるけれど、それは遠慮して座布団だけ借りて正座した。

下着を着けていない身体はなんだか心許《こころもと》なくて、正面から受ける先生の視線を強く意識してしまい、思うように姿勢を崩せない。

「どうしたんだ？　今夜は」

　先生の口調は甘く優しく、怒らないから言ってごらん、と私を誘導している。この人に敵うわけがない。いくら誤魔化したって、最後には白状させられるだろう。

　信じられないけれど、信じたい。

　結局私は、正直に、何もかも話すことにした。

「……今日、会社の帰りに先生がホテルから出てくるのを見たんです」

「ほう」

　否定せず、驚くそぶりも無い。思わぬ反応に私のほうが動揺する。

「せっ、先生は女の人と一緒でしたよね。黒いロングドレスを着た外国人の女性。すごくきれいでスタイルもよかった……」

「ああ……」

（ああ？）

　こんなふうにあっさりと認めるなんて……。先生のあまりの対応に、しばし言葉を失う。

「それで？」

　なのに先生は、何食わぬ顔で続きを促《うなが》してくる。その落ち着き払った態度に、私は段々と腹が立ってきた。激しい感情がよみがえってくる。あの感情は間違いなく怒りだった。

　本当にこの人は私を裏切っていたのだ。それなのに悪びれもしないなんて。堂々と胸を張り涼しい顔で雑踏《ざっとう》に紛《まぎ》れていく姿を思い出し、身体が震えた。

「その人と親しそうに抱き合ってました。……彼女とデートだったんですか」

昂《たかぶ》りのままにストレートに質問をぶつける。どうしても、声が震えてしまう。でも、本当のことを知りたくて堪《たま》らなかった。

「デート？」

惚《とぼ》けた口調が憎らしい。まるで私を馬鹿にしているように聞こえた。

「クリスマスは忙しいって言ってましたよね。そっ、それなのにデートするなんて……って、そうじゃなくて、わた、私……」

私というものがありながら――と、口に出しかけて引っ込める。もしかして、そう思ってるのは私だけで、先生にはそんな認識は無いのかもしれない。でも私達は「付き合ってる」はず。最初に付き合ってくれと言ったのは先生なのに。

怒りと嫉妬で興奮する私を見つめる目はどこまでも冷静で、言い訳のひとつもない。悲しくなってくる。これではまるで片想い。いや、それよりも隔《へだ》たった関係。男と女どころか大人と子供だ。こんなの酷《ひど》すぎる。

「嘘《うそ》吐《つ》いて、浮気したんですね」

ぽろぽろと涙が零《こぼ》れ出す。我慢していたものがあふれてくる。

先生は初めてハッとした表情になった。

「そうか、それで君は」

ちらりと、鴨居《かもい》のドレスを見上げる。嫉妬した勢いで衝動買いした、私には似合わないセクシーな黒のドレス。黒は大人の色であり、まだ男性も知らない私に着こなせるはずもなかった。

「馬鹿だな、織江は」

「な……」

あんまりな言い方に、ますます涙があふれる。こんなになってしまったのは先生のせいなのに。まともに取り合わず、私の疑問には何ひとつ答えてくれないのだ。

「君はまったく、色気というものを分かってないね」

今はそんな話をしていない。私は先生を睨《にら》み付けた。

「ここに来なさい。ちゃんと教えてやるから」

先生は横の畳をぽんと叩いた。

「……」

怒りと悲しみで、このまま動かないでいようかと思ったのに、なぜか身体は呼び寄せられるままに先生のもとへ近付いてしまう。

座布団を外して立ち上がる時、浴衣の裾と足袋《たび》との隙間から素肌《すはだ》が覗《のぞ》いた。それを先生の視線が捉《とら》えるのが分かった。

私はなぜかドレス姿を見られるよりも恥ずかしくて顔を火照《ほて》らせた。ほんのちょっとのことなのに、裸にされたように感じてしまうなんておかしい。

先生の横に移動して正座するだけなのに、ぎこちない動きになってしまう。視線を意識して、どうしても身体を庇《かば》う形になるのだ。

下着をつけていないことは、それを取り上げた先生がよく知っている。きわどい部分を透視されている気がしてしょうがない。

間近で見つめてくる先生と目を合わせられず、うつむいてしまった。さっきまでの怒りも昂《たかぶ》りもどこかへ行ってしまい、ただ恥ずかしかった。

「織江」

「……」

先生がため息を吐《つ》いた。それとも、笑ったのか。

いずれにせよ、返事も出来ない私に呆《あき》れているのだろう。

「彼女はね、俺が講師を務める文化講座の受講生だ。あのホテルを利用したのは、パーティー用のドレスをレンタルするため」

「え……？」

唐突に話し出す先生に、おずおずと顔を上げる。

今の〝彼女〟というのは、あの外国人女性のことだろうか。

「文化講座の、受講生？」

「そう、茶道講座のね。転勤で日本に来たばかりのアメリカ人女性で、言葉に自信がない。ドレスを借りる店も見つけられないって言うんで、外資系ホテルのレンタルサービスを紹介して、念のために通訳として付き添った。それだけの関係だよ」

ぽかんとして、真相を語る先生の顔に見入る。

「ちなみに、今日は午後から講座の仕事があって、彼女の世話もその一環であり、俺にとっては仕事の一部だよ。分かるか？」

先生が外国人向けスクールの仕事もしているという話を、今になって思い出した。親しそうに抱き合ったように見えたのは、単に感謝のハグだったのだ！

——いや、それより何より、先生はクリスマスもイブも関係なく、本当に仕事で忙しかったのだ！

「ごめんなさい」

自分勝手な思い込みで、嘘吐《うそつ》きの浮気者呼ばわりしたことに、恥ずかしさが込み上げてくる。おまけに、誤解なのに怒って対抗心を燃やして、あんなドレスを着て先生のところに乗り込むなんて。

「謝るのは俺だよ」

先生の腕が伸びて、私の腰をつかむ。

「ひゃっ？」

膝の上に乗せられ、後ろから抱き締められる。首筋に顔がうずめられ熱い息を素肌《すはだ》に感じ、思わず声を上げてしまった。

「君がそこまでその気になってるなんて、思ってもみなかった」

鼓動《こどう》が速くなり、体温がどんどん上がっていく。全身が燃えるように熱い。

「じっくり育てるつもりだったよ。強引に出るより、焦《あせ》らせたほうが君には効果があるかな、なんて思ってね。だけど、不安にさせるつもりはなかった」

「先生」

「すまなかった」

耳元への囁《ささや》きは真面目《まじめ》で、これ以上ないくらいの優しさに満ちている。私はもう、身体の芯《しん》まで溶けてしまいそうだ。

「あっ」

片手で抱いたまま、私の帯を解いていく。

「えっ、あの、ちょっと待ってくださ……」

弱々しい抗議に耳を貸さず先生は帯を放ると、襟《えり》をつかんで左右に開いた。

「や、やだっ」

丹前《たんぜん》も浴衣も前がはだけて、下着をつけていない裸体が露《あら》わになる。中途半端に脱げかかっている着物がいやらしく、私は身をよじって先生の視線から逃れようとした。だけどその動きを利用されて、袖を抜かれてしまう。

「女はね、隠そうとする仕草が色っぽいんだ」

先生は私を横抱きにすると、両足首をまとめてつかみ上げ、器用な手つきで足袋《たび》を脱がせた。突然すぎる展開に身動きできず、されるがままになってしまう。

「きゃあっ」

急に立ち上がった衝撃に、思わず悲鳴がもれる。でも先生は気にすることなく、私を軽々と抱き上げたままだ。

丹前と浴衣が身体から滑り、ぱさりと畳に落ちる。蛍光灯の灯りに素裸《すはだか》が晒《さら》される。あまりの生々しさに思わず両手で胸を庇《かば》い、腿《もも》をぴたりと閉じて身体を小さく丸めた。

「そうやって隠そうとすればするほど、男は執着して暴きたくなるんだぞ」

口調は穏やかだけど息遣いは荒い。どこか怒っているように感じられて、私はますます縮《ちぢ》こまる。

「約束どおり今日中に家に帰してやる。ただし、俺のものにしてからね」

「そ、そんな」

その約束が頭にあったから、覚悟ができてなかった。こんなの酷《ひど》い。今まで焦らしてきて、いきなり襲い掛かるなんて、あんまりだ。目で訴えるが、先生は横を向き、ドレスへと視線を投げた。

「誘惑したのは君だぞ。いや、あれはほとんど挑発だったな」

「だって……だって先生は、平然としてたのに」

私のドレス姿を見て、『パーティーだったのか』なんて言って、さっさと立ち去ってしまった。だから、この身体には魅力が無いんだって思い知らされて、落ち込んだのに。

「あそこで理性の箍《たが》が外れたら、君は滅茶苦茶になってたぜ。初めてなんだろ」

「え……」

つまりそれは、処女か、ということだ。

「は、はい」

頷《うなず》く私に先生は一瞬頬を緩めたが、すぐに真顔になった。

「暴走する性欲を雑巾掛《ぞうきんが》けにそらしてやったんだ。おかげで掃除が早く終わったし、こうして可愛《かわい》がる時間も取れたってわけだから、まあいいけど」

「か、か、可愛がるって」

「お喋《しゃべ》りはお終《しま》いだ。これ以上我慢できるか！」

先生は力《りき》んで言うと、続き間の襖《ふすま》を足で開けて私を運び込んだ。普段に無い行儀悪さに身体がビクッと震えた。やはり怒っているのだろうか。

部屋には布団が敷いてあり、その上にどさりと降ろされる。布団は柔らかく、スーッとするような甘いような、いい匂いがした。いつも私をうっとりとさせる独特の匂いだ。

先生は居間に戻ると灯りを消し、ヒーターのスイッチを操作した。温風が勢いよく吹き出す音で、設定温度を上げたことが分かる。

それから襖《ふすま》を全開にし、大股で布団に近付いて私を見下ろす。部屋にはナツメ玉だけが灯り、素肌《すはだ》はオレンジ色に染まっている。

「さて、お預けを食らったぶん、たっぷり堪能《たんのう》させてもらうぞ」

呆然《ぼうぜん》と見上げる私の前に仁王立ちした先生は、もどかしそうに丹前《たんぜん》と浴衣の袖を抜くと、もろ肌脱ぎになった。シャツを着ておらず、厚い胸板に衝撃を受ける。

（お、男のひとの……ハダカ）

先生は身体つきまで欧米風というか、日本人っぽくないというか、とにかく逞《たくま》しい。アスリートのように筋肉質で、どこもかしこも引き締まり、がっしりしている。

帯に手を掛けたところで目をそらした。上半身だけでも強烈なのに、それ以上脱がれたら正視できない。

「分かってるよ。初めてだもんな」

そっと目を戻す。先生は帯を締め直しただけのようでほっとしたが、今の呟《つぶや》きはちょっと嬉しそうに聞こえた。小刻みに唇を震わせる私は、怖がっているのだと思う。でも、いつかのように気を失うことはないと確信できる。お預けを食らったと先生は言うけれど、私だって先生に焦らされた。気持ちが分からなくて不安になって、気がつけばこんなにも強く求めているのだから。怖いけど、私はいつからかこの逞《たくま》しさに憧れていたのだ。

——ずっと抱かれたかった。

「先生……」

「色っぽいよ、織江」

掛け布団を剥《は》ぎ私を横たわらせると、先生が上から被さってくる。そしてぎゅっと抱きしめられた。

「寒いか」

首を左右に振る。先生の熱に包まれてとても温かい。素肌が触れ合うことでこんなに安心できるなんて想像もつかなかった。だけど、こんなに心地良いのはきっと先生だから。

「ん、いい感触だ。ぞくぞくするよ」

首筋に口付けながら、胸から腰、お尻まで、弾力を確かめるみたいに軽く揉《も》みながら撫《な》でていく。片方の腕は私を支え、弄《いじ》りやすいように身体を浮かせたり沈めたりしている。

「きゃ……」

小さく声を上げると、私の顔を覗《のぞ》きこんでニヤリとする。先生の手が足の付け根を探り、奥へ侵入していた。

「しっとりしてる」

「うう……」

そんなところに触れられるなんて初めてで、どうすればいいのか分からず困惑する。逃れようとして腿《もも》を閉じるが、先生の足が絡んで逆に広げられてしまった。

「嫌なのか？」

「あ、だって……あん」

「ここか」

感じる部分を見つけてはにやりとする。私の全身が変化していくのを楽しんでいるかのような、意地悪でどこまでもいやらしい笑み。それなのに、私は逃げようともせずいつしか愛撫に身を任せていた。楽しむように、慎重に拓《ひら》かれていくのを全身で感じている。意地悪でもいやらしくても、その動作は優しく、緊張をほぐしてくれているのだと分かるから。

細《こま》やかな愛情が私を従順にさせていた。

「織江……」

「やっ、そんな」

自分でも知らない敏感なところを的確に辿っていく指の動きに我慢できなくて、何度も背中をのけ反らせた。刺激が与えられるたび、泣いてるようにも甘えてるようにも聞こえる、いやらしい声がもれた。思わず唇を結ぶと先生は目を細め、恥じらいを吸い取るようにキスを繰り返す。

「感じるままに声を出して」

「でも」

「ゆっくりでいいから」

先生は言葉どおり時間をかけて私を愛していった。

舌で味わいながら指の動きも止めないで、私の感覚を休ませることなく堪能《たんのう》する。くちゅくちゅと水音を鳴らし、肌に鼻先を押しつけ匂いも楽しむ。五感で欲望を満たしながら、私を満足させることも怠《おこた》らないといった熱心な愛撫だった。初めての身体でも、十分にそれを感じ取ることができる。

「思ったとおり可愛《かわい》いな。知ってるか？　ここを」

「え……」

いつだったか雑誌のセックス特集か何かで、女性が最も感じる箇所という記事がイラスト付きで載《の》っていた。自分でも見たことのないそれは、可愛らしい豆粒のようだと書いてあった。

――今、先生が手のひらで包み触れているところがそれなのだ。

「可愛いよ」

駄目押しのように囁《ささや》かれ、上下に優しく刺激された。少しピリッとして、くすぐったいような痺《しび》れるような、ジンとした快感が身体中に広がっていく。

「やん……だめ」

「痛い？」

「ちょっとだけ。でも、ちがう、の」

言葉にできず、ひたすら見つめ返すだけの瞼《まぶた》に先生はキスを落とした。私が今どんな感覚を受けているのか理解しているのだ。

「感度がいい。それとも相性がいいのかね。これなら早く拡げられるぞ」

「ひ、ひろげる？」

「俺が入る場所だよ」

目尻を下げた彼に、これまで誰も受け入れたことのない堅い扉をそっと押された。

「やぁ……」

「そろそろ覚悟しなさい」

先生口調で命じるけれど、蕩《とろ》けるように甘い声音だった。

先生は起き上がると、帯を解いて丹前《たんぜん》と浴衣を脱いだ。淡いオレンジの光に浮きあがる先生は全裸だった。私と同じように、素肌《すはだ》の上に浴衣を着ていたのだ。

再び覆い被さってくる身体はやはり逞《たくま》しく野性的だが、今までと大きく違うところがあった。どきどきしながらも私は目を見開き、しっかりと見ていたのだ。猛々《たけだけ》しい男性を象徴するそれを……

初めて見るそれはなんだかものすごく大きい。これを自分が受け入れるなんて信じられない。

「どうした？」

覗《のぞ》きこんでくるのは少し心配そうな顔。

でもさっき先生は「覚悟をしなさい」と命じた。あと、「俺が入る場所を拡げる」とも言った。

ならば私は、もう覚悟を決めて拡げられるしかないのだ。

「なんでもないです」

「……そうか」

強張《こわば》る私の頬を撫《な》でると、先生はそっとキスをした。始めるぞという合図であり、励ましでもあるのだと直感する。

「先生っ」

「大丈夫だ」

私の不安をまるごと理解し、その上で覚悟を決めるように伝えてくる先生の言葉。

大丈夫。この人を信じて受け入れればいい――

先生は私を抱きかかえると、キスをしながら腿《もも》の内側を探り始めた。扉はすぐに見つかり、中指の先端が小さな円を描いた。

「あぁん」

腰を浮かせて身体をよじらせるが自由にはならなかった。やんわりとだが、どこにも逃げないよう拘束されている。

「だ……めです……は」

唇を割り舌が口内に侵入してくると、その動きに合わせるように中指も押し込まれる。

「ん、ん……っ」

先生はそっと押して、一旦引いてからさらに奥へと進む。指先を上手に使い潜《もぐ》っていく。経験が無いのに上手だと感じるなんて変だけれど、それほどに抵抗がない。このまま最後までいけたら――

だけど、すでにぐしょぐしょに濡れて滑《なめ》らかになっているソコが、あるところから急に頑固になって彼を通そうとしなかった。先生が眉を寄せている。

「苦しいだろ。我慢できるか？」

「ん、へい……き」

強まる違和感に息を乱しながらも頷《うなず》くと、先生はちょっとだけ笑ってくれた。苦しさも圧迫感も和らぐような笑みだった。

「いい子だ……愛してるよ」

指を挿《い》れたまま口内で舌を絡め合わせ、耳元には愛情の囁《ささや》きをくれる。低くて甘い男性の声に導かれ、私はさらに濡れていく。

「は、あん……あっあ……」

愛情の慰《なぐさ》めに入り口はほぐされ、柔軟になって彼を受け入れようとしているのが、もうろうとした頭でも分かった。

「いい感じ……だ。俺も、もう限界だな」

ナカを探るみたいに何度か動かした後、くちゅんと指が引き抜かれた。

「や、先生……」

自分でも恥ずかしくなるような、甘えた声がもれた。

「すぐに戻る。少し待っててくれ」

先生は労わるように頬ずりしてから身体を離し、毛布と掛け布団を私に掛けると足もとに移動した。切羽詰まったみたいに荒い呼吸と、なにか作業する音が聞こえる。準備しているのだと察し、この先のことを想像して戦慄《わなな》いた。

(先生が私に……入るの？)

そんなことを自問する私自身に呆《あき》れてしまう。今更何を言っているのか。

だけど初めてなのだからしょうがない。逞《たくま》しくそそり立つ、あの野性的な先生を受け入れることができるのか不安でいっぱいなのだ。

――逃げ出したい。でも、早くしてほしい。

このどきどきは、どっちのどきどきなんだろう。

たぶん、どちらもだろう。先生が指を抜いた時、行かないでと縋《すが》りつこうとした。先生を受け入れたい。奥の奥まで入ってきて私をものにしてほしい。大胆すぎる想いに自分でもびっくりするけれど、これが正直な気持ちなのだ。

痛くても苦しくても構わないから、先生が欲しい。

情欲を渦巻かせ覚悟を決めた私に、準備を終えた先生が被さってきた。

「するぞ」

「はい……」

掛け布団を剝《は》ぐと私の両脚をつかんで広げ、引き寄せて脇に抱えた。大きく足を開いた格好《かっこう》に恥ずかしさがこみ上げるが、強い眼差《まなざ》しに捉《とら》えられピクリとも動けない。

入り口に自身をあてがい、腰を押し出してきた先生が私のすべてになった。

「ん……ああっ」

「ゆっくりいくから心配するな」

目を閉じて、こくこくと頷いた。先生が昂《たかぶ》っているのが、うわずる声と汗ばんだ手のひらから伝わってくる。一気に押し入りたいのを我慢させているこの堅い身体がもどかしいけれど、どうにもできない。先生にしか拡げることはできないのだ。

徐々《じょじょ》に入って来るそれはまるで鋼鉄《こうてつ》の塊《かたまり》だった。

「あっ……ああ……あ」

無理やりこじ開けられる痛みに息が乱れるけれど、先生が辛そうに見つめるから、懸《けん》命《めい》に整えようとする。でも、駄目。鈍《にぶ》い私でも身体は鈍くないみたいだ。それどころか敏感になっている。

先生に抱かれるまで、そんなこと気付きもしなかった。

「無理しないで、俺に任せて楽にして。ふ……」

衝動に耐えながらも快楽を得ているのか、こらえきれないように吐息をもらす。いつでも堂々として立派で、余裕たっぷりの笑みを浮かべて私を見つめる先生が好き。稽古中の厳しさも好き。大らかに許して甘やかしてくれる優しさも大好き。すべて受け入れ、抱き締めてあげたい。

「もう少しだよ」

「あ、せん……せ。やぁ……っ」

何度かの圧迫を感じた末に激しい痛みが身体を貫き、彼が奥まで入るのが分かった。被さってくる大きな身体にしがみ付いて涙を流した。頼もしい腕にしっかりと抱かれて、ようやく先生のものになれた悦《よろこ》びに浸《ひた》る。いつの頃からか、ずっと求めてきた瞬間だった。痛みは半端ではないけれど、先生だから構わない。むしろ嬉しいなんて思ってしまう私は、やっぱり〝ドM〟だろうか。

初めて会った日の強引なキスを思い出す。こんな人全然タイプじゃないって思うのに、それなのに力が抜けて逆らうのを止めていた。あの時からもう、求めていたのかもしれない。

「相性が……いいみたいだな」

「そう、なんですか？」

「ああ。こんなに上手に俺を呑み込むなんて」

私自身も驚いている。先生の、あの猛々《たけだけ》しさをナカに迎え入れ、満足げな囁《ささや》きを聞けるなんて。怖がって震えていたのに。

「小心者で頼りない織江が、ね」

「うう」

冗談めかすけれど、確かに彼はしっかり収まっている。内側から押されるような違和感がそれを証明している。でも、きっと先生が上手なのだ。行為には激しい痛みがともない、私は何も出来ずにただ我慢していただけだ。すんなりとはいかなくて、先生は相当きつかったはず。

「――ごめんなさい」

ぽろりと出た言葉は本心から。しかも今のことだけの詫《わ》びではなかった。

先生に我慢させてしまった。

『すぐにでも致したい』と、いつか言っていたのを思い出す。こうなるまで何度も先生は生理的現象を抑え込んだ。その上最後まで手間を掛けさせてしまった。私が未熟なせいで。

「感激してる。嬉しいよ、織江」

指の裏で、そっと頬を撫《な》でてくれた。いつもどんな時でも私を思いやってくれるのだ。

「休むか？」

「え……」

まだ息も整わず、汗もたくさんかいている私を心配そうな目で見つめる。

確かに今は彼を包むのがせいいっぱいで、心にも身体にも余裕はない。でも、遠慮なんてしてほしくない。ちゃんと応えるから。〝満足げ〟ではなく、満足して欲しい。

「してください。思い切り……」

「何だって？」

「お願い」

薄茶《うすちゃ》色の目がまん丸くなった。胸がきゅんとなり、ますます想いは強くなる。

「無理しなくてもいい。俺は君が……」

「してください」

「……」

「して、欲しいの」

先生は天井を仰ぐと、深く息を吸い込んだ。そして少しずつ吐き切ると、ゆっくりと腰を動かし始める。もう何も言わなかった。あふれる愛液が結ばれた部分を濡らし、いやらしい音を聞かせる。十分に潤《うるお》い、ますます深く結ばれていく。

「あ、ああっ」

「織江……」

私のナカに想いを注ぎ込む。そのすべてを受け入れるために、私は先生を力いっぱい抱き締めた。切ない呼びかけに身体で応える。汗ばんだ肌を重ね、たくさんの言葉はいらないのだと繋《つな》がりの奥に感じている。それがたぶん、愛し合うということ。

「く……」

小さく呻《うめ》いて動きを止めた。

彼の想いと、滾《たぎ》る熱情を実感する数秒だった。

快感に身を任せ、無防備に私の上に倒れ込む逞《たくま》しい身体が愛おしい。幸せすぎる現実が信じられないまま、まどろんでいった。

目を覚ますと、隣に先生はいなかった。やっぱり夢だったのかと思い、慌てて布団の中からきょろきょろと辺りを見回す。そしてここが先生の家であることを確かめてほっとする。

あの後、疲れ果てて眠ってしまったのだ。浴衣を着せてくれたのは先生で、身体には熱情の余韻《よいん》が残っている。確かに私は先生と愛し合ったのだ。

そわそわしながら布団から起き上がろうとすると、襖《ふすま》の向こうから声が聞こえてきた。シンとした夜の空気に響いて、よく聞き取れる。

「……忙しいだろうから、無理に帰って来なくてもいいよ。ああ、俺はちゃんとやってるから大丈夫、心配しないで。祖父《じい》ちゃんのことも分かってる。そんなに急かさないで、もう少し待っててよ。うん、じゃあね。皆にもよろしく」

先生らしくない少年っぽい口調と、心配させまいとするような話し方から、電話の相手はお父さんかお母さんなのでは、と推察した。

部屋に戻ってきた先生は、布団の中で目を開けている私を見て、顔を強張《こわば》らせた。

「アメリカのご両親ですか？」

先生は誤魔化すように瞬《まばた》きをしたが、私が目をそらさずにいると「ああ、そうだよ」と認めた。

この間の、クリスマスにご両親が帰国するのかと訊《き》いた時と同じ反応だ。やはり先生は、自分の両親について知られたくないことがあるようだ。

布団に入ってきた先生は、私を抱き寄せて腕の中に収めた。安心させるように、まるごと包み込んで背中を撫《な》でさすってくれる。先生も浴衣一枚の姿だけれど、身体はぽかぽかと温かかった。

「すまない、織江。今はまだ……」

続きを問わない私に、先生がぽつりとあやまる。

「いいんです」

話せない事情があるのなら、無理に聞き出そうとは思わない。私にとって何よりも大切なのは、先生の気持ちだから。それに、この間先生が顔を強張らせたのは、他の女性とのデートを隠していたからじゃないことも分かった。あの不安を思えば、ご両親についての事情を今話してくれないことなんて何でもない。私はたくさん愛されて、じゅうぶんに満たされている。

「ありがとう、織江」

先生の胸に甘えて、ぴたりとくっついた。先生の身体は大きくて安定感があって、抱っこされていると眠くなってしまう。

「おいおい、さっき君の家にも電話したところなんだから、寝ちゃ駄目だ。もう十一時になる」

　きょとんとして先生を見る。

「で、電話って、あの……あ、今って十一時？」

　時間の感覚がよく分からなくて、とんちんかんな反応になってしまう。

「ああ。君の身体が素直だったからね、思ったよりも時間をかけずに済んだ。まあ、終わった後にすぐ寝ちまって、楽しむ気満々だった俺には、物足りなかったけど」

「うぐ、すみません」

　睦言《むつごと》も交わさずグーグー寝入ってしまったようだ。ロマンの欠片《かけら》もない話に首をすくめるが、先生は楽しそうに笑っている。

「織江らしくて実にいい……と、そうじゃなくて、電話のことだ。今は疲れて寝てるから、もう少ししたら起こして、帰るように言いますと、君の家に連絡したんだよ。大事なご両親を心配させてはいけないからね」

「そうだったんですか。それは、ありがとうござ……」

　お礼を言いかけて、はたと止まる。今、とんでもないことを聞いたような。

「ね、寝てるって。疲れて寝てるなんて。そんなことを……私の、お、親に？」

「うん、お母さんに」

　惚《とぼ》けた顔で、何てことを！　嫁入り前の娘が、男の家に上がりこんで、あんなことやそんなことをして、疲れて寝てるだなんて、そんなことを聞いたら、いくら先生贔屓《びいき》の母でも怒り狂う。

私が焦《あせ》りまくると、先生は呆《あき》れ顔になった。

「あのな、俺にもデリカシーってもんがあるんだ。そのまま伝えるわけがないだろ」

「え……」

「いいか、こう言っておいた。娘さんは俺のところに、大掃除の手伝いに来てくれたんですが、張り切りすぎて、疲れて寝てしまいました。本当に、一生懸命手伝ってくれて助かりました、ありがとうございます、とね」

「あう、そうなんですか」

「一応、信じてもらえたよ」

「良かったあ！」

全部ばれたかと思って冷や汗をかいてしまった。

心底ほっとする私だが、先生は私の反応が気に入らないのか不満そうに見解を述べる。

「だがな織江。こうなったことをお母さんに知られたところで、別に問題ないだろう。嫁入り前と言っても、君は俺のところに嫁に来るわけだから」

「まさか、とんでもないですっ」

よ、嫁っ!?　えっ、そんな……ここでプロポーズ!?　などと思わず焦《あせ》ったが、いや、そういうことではないのだ。もちろん先生がそう言ってくれるのは嬉しいけれど、問題はそこではない。

先生は私の母親が交際について前向きなのを、過大に受け止めて安心しきっている。実際そうかもしれないけれど、あの人の結婚観は意外に古いのだ。適齢期は二十四歳までなんて、未だに本気で思い込んでいるくらいなんだから、そこまでさばけていない。もしも先生が信用を失ったら、このお話は無かったことに、なんて展開になりかねない。

「駄目ですっ、まだこんなこと、言っちゃ駄目です」

「そうなのか？」

よく理解できないといった表情になるがここは譲れない。

先生が三船さんに頼んだのがきっかけとはいえ、母も絡んだ縁談話である。結婚へと順調に発展させるためにも、その母が重要視するモラル的な面で慎重にならなくてはいけない。

（こんなことをしておいて、何だけれども）

もじもじと身をよじり、布団に潜《もぐ》り込んだ。

「分かったよ。とにかく、遅くなってしまうから、服を着替えて準備をしなさい」

深いため息を吐《つ》くと、布団からぐいぐいと私を追い出しにかかる。なんだか怒っているような、ぞんざいな扱いである。

「あ、でも、着替えは」

ドレスを買った時に脱いだ普段着は車の中に置いてきてしまった。ドレスを着て帰るとしても、肝心なものを先生に取り上げられている。

「さっきの作務衣《さむえ》を一式、居間に持って来てある。下着は新しいのを用意したから、洗濯物は持って帰りなさい。冷えないように、コートもしっかり着込んでおけよ。玄関で待ってる」

きびきびと命じると、廊下に出て行ってしまった。

「先生？」

居間を覗《のぞ》くと、ヒーターの横に作務衣一式がたたんであり、その上に新品の下着が載《の》せてある。

淡い紫色のブラとショーツはちょっぴりセクシーなデザインだけど、身につけたら私にぴったりのサイズだった。

「……もしかして」

先生のお母さんが、私と同じ体格なのではない。作務衣や浴衣、丹前《たんぜん》、足袋《たび》までもがすべて、私のためにあらかじめ用意されていたのだ。

まるで、こうなることを予想していたように——

「君のサイズはね、稽古中によーく観察させてもらって測定済みだ」

駐車場まで送ってくれた先生は、私を抱きしめながら種明かしをした。夜更けとはいえ往来での大胆な行為にどきっとするけれど、逆らわずに彼の胸に耳を押し当てて穏やかな鼓動《こどう》を聞く。

「いつかこんなことがあるんじゃないかと予想して、準備を整えておいた……って言えば格好《かっこう》がいいが、俺はそんな気の利《き》いた男じゃない。自分の買い物ついでに君に似合いそうなものを揃《そろ》えておいたってだけだ。用意周到だと思われるのはさすがに恥ずかしくて、お袋のだなんて嘘《うそ》吐《つ》いて誤魔化したんだけど」

「でも、それってやっぱり私のために」

言いかけると、先生は少し照れた顔になり私の胸元に視線を落とした。

「紫の下着だけはね、クリスマスの贈り物として選んでおいたんだ。役に立って良かった」

「えっ、そうだったんですか。ブラとショ……ショーツを」

私は身体にフィットする下着を意識した。このサイズも、よーく観察して目で測定したのだろうか。というより、エッチもまだなのに下着をプレゼントするなんて……

先生をちらりと窺《うかが》い見ると、照れながらも答えをくれた。

「俺の好きな色を身に着けて欲しい。間接的にでも君に触れたいと思う、男の願望だな」

プレエッチという意味だろうか。それにしても、びっくりしてしまった。でも、それと同時に自分の迂闊《うかつ》さにも気がつく。私はプレゼントを用意していない。求めることに一生懸命になるあまり、彼への贈り物を忘れていたのだ。

「先生、ごめんなさい。私……」

「今夜はサプライズだった。素晴らしいクリスマスプレゼントをもらったよ」

腕に力を込めて、私の身体を抱きすくめる。迂闊さも情けなさもすべて理解し、大らかに包み込んでくれるこの人はまるで神様だ。

帰りたくない。

切実にそう思うけれど、この先ずっとこの人と一緒にいたいなら我慢しなければ。

耳に響く鼓動《こどう》が速くなり、彼も同じ気持ちなのだと伝わってくる。

「君は本当に仕込み甲斐《がい》のある子だ。来年からの稽古が本番だからな、覚悟しておけよ」

「はい、先生」

私は一から十まで彼の望むすべてを教え込まれ、私自身を磨《みが》き上げるのだ。

思い遣《や》りと厳しさに抱き締められて、今でも心に残る言葉を胸に繰り返す。

――今の君じゃ俺は満足しない。

――道具というのは、使い込んでこそ味わいが増すもんだ。

――俺好みに仕上げたい。

先生が好む女になるために、どこまでもついて行く覚悟を決めた。

　年が明けて三日目の昼過ぎに、二人の来客があった。

　初詣《はつもう》での帰りに母が誘ったとのことで、リビングは賑《にぎ》やかな話し声にあふれ、テレビで時代劇を鑑賞中だった父はあっけなく追い出された。

　来客は私にも関係ある人達なので、ご一緒するようにと母に言われ、私は自分の分のお茶も淹《い》れて、リビングに運んでいった。

「織江ちゃん、明けましておめでとう」

「明けましておめでとうございます」

　明るく声を掛けたのは母の古い友人である三船さんで、もう一人の来客は、誰なのか思い出せない。どこかで見覚えがあるような気がするのだけど。

「お久しぶりですお嬢さん。その後、浦島先生とはいかがかしらん」

「あ……」

　赤い唇がにやりとするのを見て記憶がよみがえってきた。浦島先生の屋敷を初めて訪ねた夜、玄関先で出会った中年女性。あの時居合わせた三人の内で一番若く、『楽しみにしておりますわん、ご結婚』と、冷やかすように言った人だ。

「神社で偶然お母様と三船さんにお会いして、お茶に誘っていただいたの。おじゃまいたしますわん、ホホホ……」

三船さんとは茶華道《さかどう》の教室仲間であり、かなり親しいそうだが、母とは今日が初対面とのこと。

だが、三人とも活発なタイプのためか、意気投合して盛り上がっている。中高年パワーに圧倒された私は、ソファの端で茶菓子の羊羹《ようかん》をいただきつつ傍観《ぼうかん》するのみ。

だが、同席するよう言われたのは、私が関係者だからである。もちろんそれは、浦島先生を間に挟んでの関係だ。先生の話題になれば自然と輪に加わることになる。

「そういえば織江ちゃん、浦島先生とは順調みたいね。おばさん、嬉しいわ」

「あっ、はい。ありがとうございます」

三船さんは、浦島先生と私の橋渡しをしてくれた恩人だ。度々母のところに遊びに来ては『どう、お稽古は楽しい？　浦島さんとはどんな感じ？』と、いつも気に掛けてくれる。

さすがにありのままを話すわけにはいかないけれど、とても楽しく充実していますと答えている。先生についても、好意を寄せていると伝えてある。

「本当にいいお嬢さん。さすが、三船さんの取り持ちだわあ」

中年女性は、木之下《きのした》さんという名で、教室に通って三十年という古参の生徒らしい。母と同い年とのことだが、髪型や化粧が派手なためかもっと若く見える。

「浦島家とはご近所だし、先生がこーんな小さい頃から知っていますからね。章太郎さんについては何でも聞いてくださって結構よん、織江さん」

「えっ、本当ですか」

　思わず前のめりになる私だが、三船さんが飲みかけのお茶をテーブルに置き、大きな声を出して制止した。

「駄目よ木之下さん。それは無粋と言うものよ。ねえ、野々宮さん」

「は？　ああ、そうね、そうだわね」

　同意を求められた母は、かくかくと頷《うなず》いている。私はどういうことか分からず三船さんを見やった。どこか不自然な笑みを浮かべている。

「だってほら、勝手になんでも話しちゃったら先生が嫌がるんじゃないかしら。特に子供の頃の話なんて、恋人には聞かせたくないって言う男性が多いって、統計が出ているとかなんとか」

「あらそうなの。何の統計？」

　せっかくの好意に水を差されたためか、木之下さんは不機嫌になって追及する。

「ええーと、何だったかしら。ちょっと忘れちゃったけど、とにかく先生のプライバシーだからね、周りが勝手に喋《しゃべ》るのはよくないと思うのよ」

　しどろもどろの三船さんだが、確かに、本人の知らぬところで個人情報をもらすのはよくない。良識ある意見には逆らえないようで、木之下さんもとりあえずは納得した。

「でも大袈裟《おおげさ》な気もするわあ。子供の頃はともかく、聞かれて困るような過去があるわけじゃなし。女性関係だってきれいなものでしょお、先生は」

どきっとして、木之下さんを見返す。

そうだ、子供の頃から先生を知っている彼女なら、その辺りにも詳しいはずである。

「それはもちろん知ってるわよ。女遊びするような人を織江ちゃんに紹介するわけがないじゃない」

三船さんの言葉に、母がほっとした顔になった。浦島先生を気に入って強引に話を進めたものの、そこのところは心配していたのかもしれない。

木之下さんは母の表情に気付いたのか、安心させるように言い添えた。

「だってね、前に聞いたことがあるのよ。先生ほどの男性なら、どんな美人や才媛《さいえん》でも口説《くど》けるでしょうに、恋人の一人もつくらないのはどうしてなのって。そしたら、『特に必要を感じませんから』なんて笑ってるの。つまり、ああ見えてかなり奥手か淡白ってことよね。ま、女性にもてるのは確かだから、童貞《どうてい》では無いでしょうけども」

「ちょっと木之下さん、なんてこと言うのよっ」

三船さんが顔を真っ赤にして叫び、母は絶句している。私はと言えば、何とも反応しようがなく、うつむいているしかない。あの夜の、初めての私を導いてくれた先生を思い出して、頬が熱くなる。少なくとも童貞ではなかった、と思う。

リビングに気まずいムードが漂ったせいか、木之下さんは急いでお茶を飲み干すと、母と私にぺこぺことお辞儀《じぎ》を繰り返した後、そそくさと帰ってしまった。

「もう、いい年して下世話なことばっかり」

三船さんはプンプンしているが、木之下さんは親切が空回りしただけで、別に悪いことをしたわけではない。先生に女性経験があることも、もてることも、誰にだって想像がつくだろう。

ただ、心にわだかまりが残っている。

木之下さんの言うとおり、どんな美人や才媛《さいえん》でも、先生なら口説けるだろう。そんな女性が隣に並ぶなら、さぞかし似合うに違いない。

『特に必要を感じませんから』

それならどうして、よりによって私を――

無口になった私の心情を察したのか、三船さんがまっすぐに見つめて言う。

「織江ちゃん、とにかく浦島先生は、あなたにひと目惚《めぼ》れしたの。そして、結婚のことを考えたのは織江ちゃんが初めてだって断言してた。彼を信じて、突き進めばいいんだからね」

三船さんの真剣な眼差《まなざ》しに、私はわだかまりを収めた。正確に言えば、わだかまりを、とりあえず心の深い部分に沈めておくことにした。

先生を信じてついて行く。

そのことだけに専念し、余計な詮索《せんさく》はすまいと自分に言い聞かせた。

初めての夜から半月が経ち、今日は初稽古の日。

午後十時――

扇子を膝前に置き稽古のお礼の挨拶をすると、浦島先生は待ちわびたように私の手をつかみ、せっかちに引き寄せた。

「これから先は男と女の時間だよ」

今年からの稽古が本番であると先生は言った。本来の茶華道《さかどう》とは別に、このことも含めての本番だと覚悟している。

男と女となり、抱き合う。それは、出会った当初から彼が求めていた行為だった。

「さあ、おいで」

手を繋《つな》いで寝室に連れて行かれる。

部屋はあらかじめ温められ、電灯もナツメ球だけが点っている。敷かれてある布団の上に私を寝かせると、先生も一緒に横になった。

「織江」

「ん……」

覆い被さりキスをしてくる。唇を押し付けたり、ちゅっと吸ったり、軽く楽しむように何度か繰り返した後、首筋に顔を埋めた。

「せん、せ」

ぎゅっと抱き締められ、久しぶりに感じる先生の体温と匂いに酔いそうになる。会いたかった。もっと言うなら、早くこうして抱かれたかった。

「もう怖くないな？」

「はい」

「いい子だ」

首筋に印をつけながら囁《ささや》く。大きな手が身体をまさぐり始め、セーターの上から胸を軽く揉《も》んだ。

「や、ん」

「やっぱり感度がいい」

身体中が敏感になっている。どこもかしこも触れて欲しくて堪《たま》らない。

「俺が仕込むまでもないか？　すぐに成長しそうだ」

素早くセーターに潜《もぐ》り込んだ手がブラを押し上げ、そのまま小さく尖《とが》る果実を摘んだ。

「きゃ……」

駆け抜ける電流に身体が跳ねる。自分でびっくりするほどの過剰反応だけど、先生は落ち着いたもの。

「ん、いい感度だね。織江はここのところが弱い」

やわやわと膨《ふく》らみを揉まれ、時折尖端《せんたん》を弄《いじ》られる。それだけのことで私は呼吸を乱していた。

先生は起き上がると着物を脱いで、私の着ているものも剥《は》ぎ取っていった。

「もう一度訊《き》くが、怖くないんだな」

「え？」

胸と秘部を両手で隠す私を見下ろし、念を押した。質問の意味するところを考えどきんとしたが、私はこくりと頷《うなず》き目で答えた。

覚悟はできています――と。

「それなら結構。ではじっくりと仕込ませてもらうよ」

口調は軽いけど目つきは真剣で余裕が感じられない。腰を抱き寄せる手も汗ばみ、先生が本気であることを表している。

先生が横たわると、私は後ろから抱かれる格好《かっこう》になった。

「正月はどうだった？」

唐突な質問にきょとんとした。

「え……あの」

「初詣《はつもう》でに出掛けたり、友達と会ったりしたのか？　どんなことをして過ごした」

先生は訊《き》きながらも胸をまさぐり、片方の手は腿《もも》を撫《な》でさすっている。

「ん？　どうだったんだ」

「あ、ああん」

若草をかき分け、指が奥へ伸びる。敏感な突起に触れられ背中をのけ反らせた。

「ちゃんと答えなさい。ほら……」

しっとりとした谷間にゆっくりと縦線を引く。上下に擦られ、ぞくぞくとした刺激で全身が震える。どうにかなりそうに気持ちいい。

「だめ、いやあ……」

「だめ？」

すっと指が離れ、快感が遠のいた。先生は涙ぐむ私を後ろから覗《のぞ》き込み、にんまりと笑っている。

「い、意地悪です」

「感じ過ぎじゃないのか。まだ二度目だぞ」

「だって」

どうしてこんなに敏感なのか、私も困ってしまう。奥の扉はすでにぐっしょりと濡れそぼり、それを知られるのが恥ずかしくて身をよじった。

だけど先生は察してしまい、閉じかける腿《もも》を開き直に触れてきた。くちゅくちゅっと水音を立て、雫を滴《したた》らせる。

「やっ、やめて」

「ほう、すごいことになってる。どうしてだろうな」

「うう」

さらなる意地悪に顔が熱くなり横を向いた。身体が正直なのは相変わらずだけど、それにしても反応が早い気がする。それを指摘されたようでいたたまれなかった。

「いいよ、俺に感じてるってことだ」

頬にキスをしながら指を軽く押し込んだ。反射的に足を広げてしまった私にクスッと笑うが、円を描く指先の動きは優しい。周囲にたっぷり塗りこめてもなおあふれる潤滑油がぽたぽたと零れ、シーツを濡らし続けている。

「だけど、まだきつい」

先生は呟《つぶや》くと一旦指を抜いて、全身への愛撫を再開した。喉、乳房、腕の裏側、臍《へそ》、感じやすい箇所を辿《たど》り順にほぐしていく。力を入れず柔らかく弄《いじ》ってくるのはきっとわざとで、呼び水のようなもの。身体は徐々《じょじょ》にその気にさせられ昂《たかぶ》っていく。私の呼吸が乱れてくると先生は扉の奥に中指を侵入させ、同時に親指を使い粒をそっと刺激する。首筋や耳には濡れた舌を這わせ、上と下から攻めてきた。

「やっ、ああん」

堪《たま》らずもれる声に、先生の鼓動《こどう》が速くなるのが分かる。背中に触れる皮膚は汗ばみ、胸板は大きく上下している。素肌《すはだ》にかかる息の熱さは情欲に燃え滾《たぎ》っている証拠であり、ナカを探る指の動きも貪欲になっている。私は快楽に酔いしれながら、このまま激しく愛される予感に身悶《みもだ》えた。

「そろそろ……いいだろ」

先生はかすれた声で言うと手早く準備を整え、横になった体勢からゆっくりと入ってきた。愛液は十分に滴《したた》っているけど、慎重に、時間を掛けて挿入してくる。

初めての時に比べたら楽。でも、まだ少し苦しい。痛みよりも圧迫感がきつくて、思わず眉を寄せた。

「ん、いいよ。力を抜いて……そう」

「あ、あ」

髪を撫《な》で、キスを繰り返し、なだめながら奥へ進む。こんなに濡れてもスムーズに受け入れられない不器用な身体がもどかしい。でも先生はそんな私を守り労わってくれる、二度目だからといって急かさないでくれる。大らかな優しさに心が満たされ苦しさは悦《よろこ》びに昇華されていく。

やがて最奥まで行き着いたのが分かり、浅い息を吐いた。

「織江……やっぱり上手だよ」

「ん、せん……せい」

　先生にキスを返し、私から舌を絡めて喜びを表した。ぴちゃぴちゃと濡れて、唇の端から愛欲の液がもれる。いつもどんなことでも褒めてくれる、私を励ましてくれる彼の気持ちに応えたくて、夢中でお返しした。

　だけど、その直後に始まった突き上げるような動きにキスは解かれる。初めての時とは違う、力のこもる強引な揺さぶりだった。

「あっあああ」

「今夜から少しずつ本気を出す。辛抱してくれよ」

　繰り返される前後運動に、私は初めて〝交わる〟感覚になった。先生の身体は大きくて強くて、男の人そのもの。私を守ってくれる、たのもしいだけの身体とは違う。

『もう一度訊《き》くが、怖くないんだな』

　先生が念を押したわけが理解できた。

　少しだけ怖い。

　でも構わなかった。こんなふうに抱かれることを覚悟していたから。

　望んでいたから――

先生は私を胸に抱き、良かったよと褒めてくれた。何もしてないのに褒められて変な心地だった。私はまだ何も知らないし、分からない。褒めてもらっても、本当にこれでいいのかと不安になってしまうくらいの初心者なのだ。だけど、先生の満足そうな表情にほっとした。

「二度目でこれなら上等。だが、まだまだこれから……楽しみだな」

心から嬉しそうな笑顔は少しエッチだけれど、それ以上にあふれる感情が伝わってきて、私を幸せにする。

「教えてください、先生」

「ん？」

二度目も、三度目もその先も、抱かれるたびにもっと好きになる。彼が〝仕込む〟のは性愛の技巧ではなく、たくさんの愛情なのだ。

「教えてやるよ。厳しく優しく」

甘える私の頬を、男らしい指でそっと撫でてくれた。

先生は約束どおり私に教えた。

幾度も肌を重ね性愛の悦《よろこ》びを知り始めて、それと同時に思わぬ変化が起こっている。二十四歳になるこの年まで男性を知らず、清らかな生活を送ってきた。生理的欲求も淡く、異性に対する興味も薄く、特に問題もなかった。それなのに、実はかなり淫乱な女だったのではないかと、この頃不安になっている。先生の愛撫に恥じらうどころか、もっとして欲しくて自らねだってしまう。意地悪く私の媚態《びたい》を観察する彼に、涙ぐみながら懇願《こんがん》するなんて。

「早く……お願い」
「まだだよ」
「いや」
「我慢しなさい」
「や、です」
「我侭《わがまま》だな、織江は」

さんざん焦らした後、悠々と着物を脱いで自身の準備をして、いきなり押し込んでくるのがパターンだった。先生こそ我侭だって訴えようとしても、叫びは嬌声《きょうせい》に変わり、ますます彼を勢い付かせるだけ。

前からだったり、後ろからだったり、先生の気分次第で体位は変わる。欲望を一滴残らずナカに放出されるのを私の身体は悦び、腰が壊れそうなほど激しく攻め立てられても許してしまう。もう、先生無しではいられない。先生仕様の身体にされてしまった。

〝師〟である浦島先生にも、〝男〟である章太郎さんにも、頭のてっぺんから足の先までずっぷりと心酔《しんすい》し、もはや彼無しではいられないくらい、嵌《は》まり込んでいる。

だけど先生は、それだけでは満足しないと言って、さらに導いていく。私が愛されることを覚えると、今度は「織江も俺を愛せよ」と命じて、男性を慰《なぐさ》めるテクニックを教え込んだ。こうしてこうやってこうするんだと、手取り足取り、指導は細《こま》やかで熱心だった。

「うん、いいよ、そう。君は実に、器用だ……ね」

熱い息を吐く彼は眉を寄せ、いかにも辛そうな表情だが、実際は天国を見ているらしい。私は言われたとおりのことを必死にやっているだけで、先生の官能を満たしているという実感はない。先生が身体をのけ反らせて悶《もだ》える姿が大袈裟《おおげさ》に思えて、ちょっぴり恥ずかしいくらいなのだ。だけど、どうやら先生は、私の拙《つたな》い愛撫に身体の芯《しん》から参っているようだった。感じすぎた夜などは、照れくさいのか私と目を合わせられずにもじもじしている。その様子がまるで初心《うぶ》な少年のようで、こちらまで照れてしまう。

それでも、主導権は先生のもの。私はどうすれば彼を慰められるのか術《すべ》を知り、気がつけば上達していた。そして、積極的に愛するようになっていたのだ。

情交を終えると、先生の温かい胸に抱かれて身体を休める。充足のひと時だけれど、肉体とは裏腹に心は落ち着かなかった。こんなことをしていると母に知られたらどうしようと心配してしまう。

積極的に教室に通う私を見ては、『浦島さんと気が合うのねえ』なんて、呑気《のんき》に喜んでいる。帰りが遅くなる理由を、ついつい話し込んでしまうからだと信じているのだ。花嫁修業としての稽古のほか、こんなことまで仕込まれているなんて、古風な母には想像もできないだろう。私だって、初めのうちは夢の中にいるような感覚だった。

でも、これは想像でも夢でもない。

彼が初めにたとえたように、使い込まれた愛着ある道具と同じ、彼好みの女になりつつあるのだ。

◇◇◇

浦島先生との出会いから四か月が過ぎ、今は三月の初旬。

木曜日の午後七時四十五分、稽古道具が入ったトートバッグを肩に、いつものように教室へと歩く。道端に顔を出す草花に春の訪れを感じて、なんとなく心が浮き立ってくる。

浦島家の玄関前に立ち、呼び鈴を押した。

「あれっ？」

いつもだったら、すぐに引き戸を開けて『やあ、よく来たね』『今夜も頑張ろうな』と、にこにこしながら迎えてくれる先生が現れない。

「どうしたんだろ」

相変わらず手入れのされていない枯れ草だらけの庭へ足を踏み入れ、縁側《えんがわ》の障子窓を確かめる。灯りが点いているのだから、留守では無いはずだ。

「聞こえなかったのかな」

勝手に入るわけにはいかないし、どうしようかと迷っていると、引き戸を開ける音がした。

「先生!」

我ながら大袈裟《おおげさ》なくらいに喜んで、後ろを振り向いた。

「こんばんは、織江。待たせたね」

玄関の灯りを背に浦島先生の大きなシルエットが現れ、明るく挨拶をしてくれた。

「お留守なのかと思いました」

小走りで駆け寄ると、先生が嬉しそうな顔をしているのが分かった。なんだかとても、ご機嫌な様子である。

「今、三船さんと電話をしてたんだ」

「三船さん?」

不意に出てきたその名に、どきっとする。

「まあ、とにかく中に入りなさい。話がある」

私の腰に手を添えて、玄関に招き入れた。

先生は、お花の稽古をする板の間ではなく、居間に私を連れて行った。

いぶかる私の手を取ると、ぐいと引き寄せてそばに座らせる。先生の羽織から、微《かす》かに線香の香りがする。

「先生？」

「織江、真面目《まじめ》に訊《き》くから、真面目に答えてくれよ」

「は、はい」

私はいつだって真面目なつもりだが、あらためて前置きするということは、さらに真剣な話ということだ。緊張しながら、彼の目を見つめ返す。

「俺は君と結婚したい。いや、するつもりでいるが、君はどうだ」

「えっ」

唐突な質問だった。

質問？

いや、違う。これは……

「私は……」

「うん」

そんなのは決まっている。でも、会うたびに愛し合っているのに、わざわざ訊《き》くなんて。

「プロポーズ……ですか?」

虚《きょ》を衝《つ》かれたようにハッとする先生に、初めて思い至る。

本格的に稽古を始めたあの日、先生に迫られた衝撃で私は失神した。意識が遠退く寸前に見た表情が、今の先生にぴたりと重なる。自信にあふれた普段の態度からは考えられない、驚いた顔。まん丸く見開かれた目は薄茶色《うすちゃ》で、とてもきれいで、可愛《かわい》らしかった。

この人は、自信満々なわけではない。私を逃さないかのように握っている手には、汗が滲《にじ》んでいる。これまでもチャンスはたくさんあったはずなのに、なかなか言い出せなかったのかもしれない。

三船さんには私の気持ちを伝えてある。先生を尊敬し、心から慕っていること。それを聞かされて、背中を押されて決心したのかもしれない。

いつだって強引で、身体ごと迫ってきて私を翻弄《ほんろう》する、この人らしくもない思い切りの悪さ。それは、そのまま「真面目に」という言葉に表れている。この人は今、とても真面目になっているのだ。

「プロポーズだ」

潤んだ瞳は、彼の心情を映し揺らめいている。頼りなく、不安げに。

求める心をまっすぐに受けとり、私は強く彼の手を握り返した。

「私も結婚したいです。浦島……章太郎さんと」

「織江」

みるみる広がる笑みに、こちらまで舞い上がりそうだった。

いや、実際に舞い上がった。先生に抱き上げられ、くるりと大きく一回転。

「きゃあぁ……っ」

「よーし、よく言った織江。さすが俺の愛弟子《まなでし》、世界一の恋人だ！」

「めっ、目が回っちゃいますー」

ようやく着地したと思ったら、膝の上に乗せられて、すっぽりと抱かれている。こつんとおでこをくっつけた彼が、じっと見つめてくる。

「ありがとう。本当に、ありがとう、織江」

「先生」

「章太郎、だろ」

「あ、はい。章太郎……さん」

「愛してるよ」

「わっ、私もです」

言葉にするのは初めてで、少し恥ずかしくて、だけど彼の求める気持ちに目一杯応えたかった。

後までずっと男と女のまま。

「私も？」

「愛しています……す」

口付けと愛の言葉が降り注ぎ、夢中で胸にしがみついた。稽古も忘れて愛し合い、最後までずっと男と女のまま。

章太郎さんは熱く激しく、そしてどこまでも優しく、私を導いていった。


プロポーズを受けたその夜のうちに、結婚の意志を両親に伝えた。

父親は「そんなに急がなくても」と、姉に続いて嫁《とつ》がんとしている私を寂しそうに見やったが、母は手放しに喜んで、まるで自分が嫁に行くかのような大騒ぎだった。

翌日、三船さんにも電話をして伝えると、すぐに飛んできてくれた。

「良かったわあ、織江ちゃん。本当に良かった！」

二人の間を取り持った甲斐《かい》があったと、満面の笑みで母とハイタッチ。

浦島先生の教室に通うよう母と画策《かくさく》した彼女を、初めこそ恨んだものだが、今となってはただただ感謝である。三船夫妻には正式に仲人《なこうど》をお願いすることになるだろう。章太郎さんは、ご両親が海外で暮らしているため、とりあえずは電話で話したそうだ。三十を過ぎても一向に身を固める気配の無いひとり息子からの突然の報告に、ご両親は驚きつつも好感触だったとのことで、私も安堵《あんど》した。

「お仲人さんって、いろいろとお得なことがあるんじゃないの。だからせっせと世話してるのよ」

最近なぜか実家に入り浸《びた》っている姉が穿《うが》った見方をしたが、そうだとしても三船さんには感謝している。

それくらい、私は幸せだから。

章太郎さんと結婚できるこの現実を、夢か幻のように感じている。ついこの間まで、野暮《やぼ》でのんびりとした、異性に縁のない女だったのに、嘘《うそ》みたい。章太郎さんのような男性と恋愛関係になるとは、まったく想像もつかなかった。何もかもが本当に不思議。あまりにも幸せで、怖くなってしまう。このまま無事に結婚して、あの人の妻になることができるのかと、不安になるほどに。

でも、大丈夫だと自分に言い聞かせる。

今の私は、章太郎さんに愛されていると信じられる。それは男と女としての交わりの中だけでなく、茶華道《さかどう》の指導からも感じられるのだ。

お茶もお花も、基本をひととおりこなすのがせいいっぱい。まだまだ知らないことも多く先は長いけれど、何も知らなかった頃の私とは違っている。女としてだけでなく、一人の人間として、自信がもてるようになった。

茶華道の稽古がこんなふうに自分をしゃんとさせてくれるなんて、あの頃は思いもしなかったけれど、章太郎さんは見越していたのだろう。

だから「俺好みになるよう徹底的に仕込む」と、初めに宣言したのだ。

今では稽古に必要な道具だって、懐紙《かいし》一枚から自分できちんと考え選んでいる。

「よく頑張ったね、織江」

「はいっ、章太郎さん」

満足そうに微笑《ほほえ》むあの人が、大好きだ。もっと私を好きになってほしい。愛してほしい。

早く一緒になりたい。この幸せがいつまでも続きますように――

私は地に足の着かない状態で、希望の花咲く春を過ごしている。

◇◇◇

プロポーズを受けてから二週間後の週末。

午後二時の事務所は営業マンも支店長も出払っていて、私は一人で留守番だ。この時間帯は事務員だけのことが多いのだが、今日は加奈子さんが体調を崩して欠勤しているので、一人きりだった。

仕事に一区切りつけると、シングルサーブのコーヒーメーカーを使ってトモミ珈琲オリジナルブレンドを淹《い》れる。一人きりだとぼーっとなりそうなので、刺激のための一杯でもある。

香ばしい匂いが漂い始める給湯室の出入り口にもたれ、誰もいない事務所を見回した。

この頃は仕事も順調で、担当営業マンや支店長に注意されることもほとんど無くなった。一体何があったんだと訊《き》かれ、「茶華道《さかどう》を始めた」と答えると、皆不思議そうな顔をする。

お茶やお花は趣味に過ぎず、仕事とは関係ないと思われているのだ。

（でも、本当に茶華道のおかげだもの）

少なくとも自分の担当する仕事に関しては、気配りが出来るようになった。気配りとは、客をもてなす亭主の心に通じるもの、すなわち茶道の精神なのだ。

そしてそれを教えてくれたのは、尊敬する先生であり、大好きな男性でもある章太郎さん。こんな私でも仕事に自信が持てるようになり、本当に感謝している。

コーヒーが出来上がり、さあ飲もうとカップに口をつけた時、一階の受付電話から来客の合図があった。慌ててカップをデスクに置くと、電話機を取って応対した。

「お待たせ致しました」

『こんにちは。私、カフェ・フォレストの峰と申します』

男性にしては高めのトーンと丁寧な口調に、私はぎくりとする。以前、私のミスで迷惑をかけた、カフェ・フォレストの店長だった。

担当営業マンの伊藤さんの言葉が頭を過《よ》ぎる。

——フォレストさんからの電話は瀬戸さんが受けてくれ。不在の時は俺に回すように頼むよ。

加奈子さんはいないし、伊藤さんは外回りに出ている。しかも電話ではなく、フォレストの店長は今、一階ロビーに来ているのだ。

『伊藤様の……』

「は、はいっ、ただいまそちらに参ります。少々お待ちください」

私はテンパってしまい、お客様の用件も聞かずに事務所を飛び出し、バタバタと階段を駆け下りた。誰もいないロビーで受付電話の前に立つ男性がこちらを振り向き、おやっという顔になる。見覚えのない顔にとまどったのかもしれない。

「こんにちは、初めまして。事務員の野々宮と申します」

自己紹介して深々と頭を下げると、店長は「ああ、あなたが」と、納得の表情になる。

私は大事な発注物の伝達ミスを犯した事務員である。名前を覚えられていたことに畏縮《いしゅく》しつつも、まずはそのことについて謝罪した。

「先日は私の受注ミスで大変なご迷惑をお掛けしてしまいました。本当に、申し訳ありませんでした」

ぺこぺこと何度もお辞儀《じぎ》を繰り返す私を、店長は黙って見下ろしている。苦言のひとつもないことがかえって恐ろしく、おずおずと顔を上げてみると、彼は穏やかに微笑《ほほえ》んでいた。

「あの……」

「野々宮さん。あの後、伊藤さんが発注どおりの品物を無事に届けてくださいました。

トモミ珈琲の信頼は損なわれていませんよ、ご心配なく」

肩の力が一気に抜ける。伊藤さんの言葉で、勝手に店長のことを厳《いか》つい人物と思い込んでいたのだ。

だけど実際目にした店長は、街一番のお洒落《しゃれ》な店と名高いカフェ・フォレストのイメージにふさわしい、優雅な物腰の男性である。年齢は五十代半ばだろうか、頭髪に白いものが混じっているが、それすら老紳士の要素として効果的である。仕立ての良さそうなジャケットを纏《まと》う身体は少し痩《や》せ気味だが、背筋がまっすぐに伸びて、とても姿勢が美しい人だ。

安心して思わず笑みを浮かべた私に、店長も笑みを湛《たた》えたままで続けた。

「ところで野々宮さん。伊藤さんにお渡ししたいものがあるのですが」

「はい。あっ、伊藤はただいま外出しておりますが」

来客の予定はボードに書いてなかった。約束があるのに伊藤さんが忘れているのだろうかと焦《あせ》ったが、店長は首を横に振る。そして、胸ポケットから何かを取り出し、私にある。
ノック式のボールペンで、プラスチックの軸に伊藤さんの名前がローマ字で記して
差し出してきた。
「今朝ほど納品にいらした際、落としていかれました。この近くに用事があったので、
ついでにと思い、届けに来たのです」
「そうだったのですか。どうもすみませんでした。あの、ありがとうございます」
ボールペン一本を届けに、ついでとはいえ足を運んでくださったのだ。なんて親切な
方なのだろうと、私は少し感動してしまった。忙しい身であるはずなのに、とついつい
相手がお客様であることも忘れ、ぼーっと眺めてしまった。
「どうかされましたか？」
「いえっ、何でもありません。失礼致しました」
慌てて目を伏せるが、妙な顔をしている店長に気まずさのあまり、言い訳じみたこと
を口にしていた。何も考えず、ただ取り繕《つくろ》うつもりだった。
「お店を経営されてお忙しい中、落とし物をわざわざ届けてくださったことに、つい感
動してしまいました」
店長はちょっと首を傾《かし》げた。
その仕草にどんな意味があるのか分からず、私は黙って見上げるのみ。

「私は雇われ店長です。経営者は別におりますが、ご存じなかったのですか」

「えっ？」

初耳だった。いや、もしかしたら誰かから聞いていたのかもしれないが、正直言って今の今まで知らなかった。

「そういえば、野々宮さんは新人さんでしたね」

「……いえ、四年目になります」

店長は信じられないという様子で観察してくる。怒っているのか呆《あき》れているのか定かではない表情に私は動揺し、気がつけば言葉を重ね釈明していた。

「すみません。あの、カフェ・フォレスト様は私の担当ではないので、存じ上げませんでした」

「担当ではない」

店長は眉間を押さえてうーんと唸《うな》った。復唱の声音には明らかに失望の響きがあり、私はさらに動揺する。

「野々宮さん」

「はい」

厳格な雰囲気が漂い緊張が高まっていく。目の前にいる人が伊藤さんよりも支店長よりもずっと厳しい人に感じられて、小さく返事をするのがせいいっぱいだった。

「私は伊藤さんに大きな信頼を置いています。ですから、ついでに足を運ぶくらい、何でもないことなのです」

受け取ったボールペンを見下ろし、単純に感動した自分の呑気《のんき》さに唇を噛《か》む。これはただの届け物ではない。伊藤さんと店長の関わりの深さを表すものだったのだ。

「商売というのは、イコールお客様との信頼関係です。あなたが担当者でないことが、私や、店のお客様に関係がありますか。それが、迂闊《うかつ》な仕事に対する正当な言い訳になるのでしょうか」

受注ミスの話も折り込まれた、店長からの厳しい指摘だ。

「いえ、なりま……せん。申し訳《わけ》ありません」

ひと言もなく汗をかきながら詫びるが、店長はやるせないため息をひとつ吐き出しただけだった。謝れば良いというものではないという空気に、私はもう、どうすればいいのか分からず、叱られた子供のように身動きがとれない。

誰もいない静かなロビー。

二人きりで向かい合うほかなく、見るつもりはなくとも店長を見てしまう。本当に姿勢の良い人で、この立ち姿は誰かを連想させる。

そんなことを考えている場合ではないのに、気がつけばいつものようにぼーっとしている。私という人間は、まったくもう、どうしようもない。これで少しは成長したと喜んでいたなんて。

「人間、いくら努力しても克服できないことがあります。仕方ありません」

仕方ありません——

諦めた言い方が胸に刺さった。

呆然《ぼうぜん》とする私に店長は会釈《えしゃく》をすると、くるりと背を向けてロビーを立ち去っていく。

自動ドアが開く音にハッとした私は、よろめきながら追いかけてビルの外に出て、深く頭を下げ背中を見送った。強い風で街路に咲く桜の花びらが舞い散る中、店長はまっすぐに歩いて行く。

姿勢の良い後ろ姿はあの人に似ている。見捨てられた気持ちになり、目に涙が滲《にじ》んだ。

夜、何もする気にならず早々にベッドに潜《もぐ》り込んだのだが、なかなか眠れない。

昼間の出来事によるダメージは大きかった。

外回りから帰った伊藤さんにことの次第を報告すると、「うわあ」と力なく嘆いたきり口もきいてくれなくなった。当然だ。大切な取引先に対する重ね重ねの無礼を誰が許すだろう。

(もう、いやだ)

会社を辞めたくなった。というより、会社のほうが私に辞めて欲しいだろう。

ここのところ調子が良かったから浮かれていたのかもしれない。これでは以前と変わらない。いや、むしろ前よりひどいかもしれない。茶道を通じて、相手への気配りができるようになったなどと、思いあがっていたのだ。何も知らなかった頃のほうがずっとましなくらいだ。

――浦島先生があんなに熱心に稽古してくれているのに。

そして先生の教えを身につけていないことが悲しかった。

ベッドの中で目を開けていると、枕元に置いたスマホが鳴動した。浦島太郎のメロディーに飛び起き、すぐに応答する。

「章太郎さん」

『おっ、まだ起きてたね。悪いな、こんな時間に』

温かな声が聞こえるスマホに縋《すが》りつき、ぶんぶんと首を横に振る。リモコンでライトを点けて部屋を明るくすると、ベッドの上に膝を抱えて座った。

『……どうした？』

今何か言うと声が震えそうで黙っていたが、章太郎さんは何かを感じたらしい。

『会社で失敗でもしたのか』

ずばりと言い当てる。

「うっ」

　私は降参し、声が震えるのも構わず促《うなが》されるままに話し始める。耳を傾けてくれる優しさに、心がほぐされていった。

『カフェ・フォレスト？』

「はい。トモミ珈琲の古くからのお得意様です。そこの店長さんに、ミスをした上に失礼なことを言ってしまいました。以前の失敗で、懲《こ》りたはずなのに」

『……ほう』

　以前の失敗から今日の出来事までを順番に話し、静かに聞いてくれる彼に甘えて弱音を吐いた。

「どうしても、失敗してしまいます。ぼんやりした自分がいやになります」

『……』

　あまりにもとろい失敗に呆《あき》れたようだ。いくら章太郎さんでも慰《なぐさ》める気にならないらしい。電話の向こうは沈黙したまま、反応が返ってこない。

　桜散る歩道を歩み去る店長の後ろ姿が頭を過《よ》ぎり、怖くなった。いっそ話題を変えようと、慌てて言葉を繋《つな》ぐ。

「すみません。私、つい愚痴《ぐち》ってしまって……ところで、章太郎さんのご用は？」

　だけど彼は、話をそらさなかった。

『カフェ・フォレストの店長が君に言ったのか。いくら努力しても克服できないことがあると』

どこか怒ったような声にびくっとするが、そのとおりなので「はい」と返事する。言わなければよかったのかと後悔しかけると、彼はふんと息を吐いて私に命じた。

『織江、明日の土曜日は休みだな。ちょっと付き合いなさい』

「え？」

『克服できないことなど無い。俺が証明してやる』


章太郎さんはカフェ・フォレストに行くぞと命令した。

まさか店長に文句を言うつもりなのか——驚く私に彼が告げたのは、さらに驚く内容だった。こともあろうに章太郎さんは、カフェ・フォレストの経営者だったのだ。

峰店長とは雇用関係だが、「峰さん」「章太郎くん」と呼び合う親しき仲で、互いによく知っているという。

なんてことだろう——


大型オフィスビルの一階に、カフェ・フォレストの店舗はある。街の一等地の賑《にぎ》やかな通りに面しているが、早朝のこの時間、周辺はまだ静かで人も車も少ない。

待ち合わせは朝六時。オープンテラスでは、すでに章太郎さんが待っていた。

「織江！」

私を見つけて大きく手を振る彼に、笑顔で応える。こげ茶の長着《ながぎ》に紅藤《べにふじ》の羽織を粋に着こなしている。悠々と立つ姿はとても素敵で、それでいて貫禄もあり、しばし見惚《みと》れてしまった。

都市開発が進むこの街ではカフェ・フォレストは老舗《しにせ》といえる。だが三年前のビル建て替えと同時に再オープンしているので、店舗自体は新しい。

スロープを上がり、章太郎さんのもとに近付いた。

ゆったりとしたオープンテラスでは、街路樹をさざめかす心地良い風が感じられる。多くのお客様が寛《くつろ》げる、都会《まち》のオアシスだ。

「おはようございます、章太郎さん」

「おはよう。朝早くに悪かったな」

章太郎さんは微笑《ほほえ》むと、緊張で堅くなっている私の手を取り、店の入り口へと誘《いざな》った。

クローズ札が下がるドアを開け、中に足を踏み入れる。取引先の店を客として利用することは控えているため、カフェ・フォレストの店内を実際に目にするのは初めてだった。

一面のガラスの向こうに美しい中庭の緑が揺れている。コーヒーを飲みながら心身ともにリフレッシュできそうな、爽《さわ》やかな空間だ。開放的で明るくて、まるで章太郎さんのようだと思い彼を見上げた。

「エバーグリーン……常緑の街というのが店のコンセプトだよ。開業からずっとそれは変わらない」

「常緑の街」

都市と緑が調和する近代的な雰囲気が、女性客を中心に人気だと聞いている。なるほどと頷《うなず》きながら店内をさらに見回す。

「あっ、あれは」

フロアの一角にミルやサイフォン、エスプレッソマシンなどコーヒー器具を販売するコーナーが設けられていた。そこに並ぶほとんどがトモミ珈琲の製品だった。ラックを見ると、カタログも何冊か置いてくれている。

「お袋が店を始めた当初、生豆《なままめ》の品質、焙煎《ばいせん》、コーヒーの風味すべてを気に入って仕入れたのが、トモミ珈琲の製品だった。トモミの社員は、上質なサービスを提供するため試行錯誤《さくご》するお袋に根気よく付き合ってくれたらしい。それは親身になって助けてくれたと言っていた。お袋と苦労をともにした峰さんも、君の会社には今でも感謝しているんだよ」

「そうだったんですか」

「ん……」

カウンター前まで来ると、繋《つな》がれた手がふっと離れた。

「章太郎さん？」

「……」

ハンカチを口元に当て、しかめっ面をしている。

「ど、どうしたんですか……あ」

そういえば、この人はコーヒーが大嫌いだったはず。コーヒーの香りが段々と濃くなっているのに、なぜ気付かなかったのだろう。

「大丈夫ですか？　外に出ましょうか」

「いや、駄目だ。俺は決めたんだ」

よろける身体を支えようとした私を、やんわりと退ける。きっぱりとした口調からは、強い意志が感じられた。

「峰さん！　準備は出来たでしょう。さっさと運んでください」

カウンター奥へと章太郎さんが声を掛けると、厨房《ちゅうぼう》へ続く扉がゆっくりと開いた。白い小さなカップを載《の》せたトレイを手に現れたのは、峰店長だった。

「いらっしゃいませ、浦島オーナー。そして、野々宮織江さん」

「あ……おはようございますっ」

章太郎さんはカウンター席に座ると、ハンカチを袂《たもと》に放り込んだ。

「どうぞ、野々宮さんもお座りください」

「はっ、はいっ」

店長を前にして固まる私だが、静かな微笑《ほほえ》みに促《うなが》され、章太郎さんの隣におそるおそる腰掛けた。

開店前のシンとした店内に、ソーサーにセットされるカップの音だけが響く。章太郎さんの前に置かれたのはデミタスカップ。淹《い》れたてのエスプレッソである。

まさか――

ようやく事態を呑み込んだ私は、黄金色《きんいろ》の泡を見下ろす章太郎さんの険しい目つきに身体を震わせた。

昨夜の電話で、『文句をつけるわけじゃない。克服できないことは無いと、それを店長と君の目の前で証明するんだ』と、力強く言っていた。具体的なことは語らず、何も心配しなくていいと私を安心させてから通話を切ったのだ。

「コーヒーを、飲むんですか？」

しかもストレートのエスプレッソを。

か細い声で訊《き》く私に、横顔のままにやりと笑った。そのこめかみには、汗が浮かんでいる。

店長はカウンター越しに先生の正面に立ち、冷静に見守っている。この無謀《むぼう》な挑戦の準備を整え、待っていたようだ。

「無理をしないほうがいいですよ、章太郎くん。それに、エスプレッソは砂糖をたっぷり入れるのが正式な飲み方というものです」

「ふん」

マスターのすすめるシュガーポットを無視すると、すうっと香りを吸い込んで瞼《まぶた》をきつく閉じる。完全に無理をしていると分かるが、怖いくらいの緊張が伝わってきて声をかけることも出来ない。

「織江」

「は、はい」

「君はコーヒーが好きか」

「え……」

瞼を開くと、私を見つめた。先生らしい優しくて大らかな眼差《まなざ》しに、少しほっとする。

「俺と一緒に、カフェでまったりしたいか？」

きっと大切な質問であり、誠実な返答をこの人は求めている。大好きな章太郎さんと、大好きなコーヒーを味わいたい。それは正直な気持ちだ。

「はい、まったりしたいです」

答える私に頷《うなず》くと、カップを持ち上げた。

「織江の好きなコーヒーを俺も好きになる。見ていなさい」

自然な動作で口をつけると、三口ほどで飲み干した。あっという間のことで、店長も私も呆然《ぼうぜん》としている。

「ふうっ」

大きく息を吐くと、カップの底に残った泡を店長に見せ、誇らしげに言った。

「飲んだぞ」

「そんな馬鹿な……」

章太郎さんは袂《たもと》からハンカチを取り出して、口元にあてた。気分が悪くなったのかと心配になり、店長と一緒に覗《のぞ》き込む。しかしただ口元を拭《ぬぐ》っただけのようで、ハンカチはすぐに折りたたんだ。

「大丈夫なんですか？」

思わず腕に触れると、章太郎さんは頬を緩めた。

「自分でもびっくりしてるよ。やっぱり美味《うま》いとは思わんが、飲めないことはない」

「ええっ？」

声を上げたのは店長だった。信じられないという顔で、胸を張った彼を見つめる。

「二十年以上、香りを嗅《か》ぐのも嫌がってたのに。しかも、章太郎くんがコーヒー嫌いになった原因のエスプレッソですよ、これは」

章太郎さんが子供の頃に飲んだものすごく濃いコーヒーというのは、エスプレッソのストレートだったのだ。独特の苦味はエスプレッソの醍醐味《だいごみ》だが、子供には強烈な体験だったろう。

店長は気の済むまで彼を観察した後、私に視線を移した。

「素晴らしい。シアトルに報告しなければ」

感激の眼差《まなざ》しを私に注ぐ店長の言葉に、どきどきする。

「その前に、織江に言っておくことがある。峰さんも聞いてくれ」

羽織の襟《えり》を正すと、先生は椅子を回して私と向かい合った。薄茶《うすちゃ》色の澄んだ瞳に、緊張した私が映り込んでいる。

「なあ、織江。稽古を始めたばかりの頃、コーヒーを土産《みやげ》に持って来てくれたことがあっただろう。バッグの中で袋が破れて、もれた粉の匂いに俺が拒絶反応を起こした」

「はい、憶《おぼ》えています」

章太郎さんのコーヒー嫌いを知った日だ。喫茶店やカフェに一緒に行けないなあと残念がる私に、先生は済まなそうにした。だけど、そんな姿に胸がきゅんとして、ますます好きだと感じたのだ。

「君はその時、コーヒーじゃなくてもいい、紅茶や緑茶でも構わない。俺と二人でまったりできればいいと言ってくれた」

「はい……」

「実は、あれからコーヒーを飲む練習を始めたんだ。毎朝一杯、少しずつ。エスプレッソの淹《い》れ方の知識はあるから、自分でこしらえて、お湯で割ったり牛乳を混ぜたり、工夫しながら段々と慣らしていった」

章太郎さんは、照れくさそうに告白した。そして感激で口もきけない私の手を握りしめ、力強く言い聞かせる。

「味にも香りにも、まだ慣れきったとはいえないし、ストレートに挑戦したのも今日が初めてだ。だがな、君が言ってくれた言葉が嬉しくて、原動力となって、長年の苦手をここまで克服することができたのは事実だ。俺を本気にさせた織江はすごい女なんだぞ」

この人が、なぜここに連れて来てくれたのか、はっきりと分かった。

『克服できないことなど無い。俺が証明してやる』

教えようとしたのだ。先生として、一人の男性として。

「仕事も稽古も、時々ぼーっとするのは君の欠点だが、実は良いところでもある」

「良いところ?」

「うん。今は分からないかもしれんが……。とにかく、自分を諦めるな!」

いつでも大らかに、丸ごと包み込んでくれる大好きな先生に、私は抱きつきたくて堪《たま》らなくなった。私が欠点だと思っているところまで認めて、好きだと言ってくれる人がいる。だから私は私を好きでいられる。自信だって湧いてくる。

「野々宮さん、私の発言は間違っていたようですね。浦島先生について修業するあなたが、今のままで終わるわけがない。うっかりミスも迂闊《うかつ》さも、いつか克服できるでしょう」

穏やかで丁寧な口調に振り向いた。店長は微笑《ほほえ》み、私と章太郎さんを見守ってくれている。

「峰さんに〝浦島先生〟なんて言われると、居心地が悪いね。祖父《じい》ちゃんのことかと思ったよ」

「いや、私は今、心から認めていますよ。章太郎くんは立派な先生です」

生真面目《きまじめ》に返されて、本当に居心地悪そうな先生だが、一方でとても嬉しそうに見える。

「織江、峰さんは俺の先生なんだぞ」

「え？」

章太郎さんの先生――

どういうことだろうと思って店長を見ると、空のカップをトレイに戻し、こほんと咳払いをした。

「まだ時間がありますね。野々宮さん、あなたも一杯いかがですか」

後ろを向いて厨房《ちゅうぼう》に入って行く。そのまっすぐな背中に、ようやく私もぴんと来たのだった。

カフェ・フォレストの峰店長は、章太郎さんの祖父浦島源太郎師範《げんたろうしはん》の弟子であり、茶道教室では助手を務めながら指導も行う〝先生〟であったという。

「俺は子供の頃、峰さんに稽古をつけてもらった。師範《しはん》の祖父《じい》ちゃんや親父よりも厳しくてね、何度も逃げ出しては捕まって、大変だったな」

「それはこちらも同じです。毎回毎回、稽古の時間になっても茶室に現れない章太郎くんを屋敷中探し回るのが日課だった。まるでかくれんぼですよ」

店長が淹《い》れてくれたハウスブレンドをいただきながら、二人のやりとりに耳を傾ける。少しほろ苦いコーヒーは、トモミ珈琲のオリジナルブレンドに風味が似ていて、とても美味《おい》しい。隣に座る章太郎さんは、店長が黙って差し出したホットミルクを苦笑しながら受け取った。そしてとても美味《おい》しそうに含む。長い時間に培《つちか》われた互いをよく理解する親しみが伝わってきて、羨《うらや》ましくなった。

店長は懐かしそうに、遠くを見るような目をして話を続けた。

「師匠は、月謝の支払いもままならない苦学生だった私を入門させてくれました。以来、茶道の稽古のみならず、私生活においても何くれとなく面倒を見てくださる師匠は、早くに父を亡くした私にとって、まさに父親のような存在だったのです。そして、忘れもしない二十二年前。バブル崩壊の煽《あお》りで勤めていた会社が倒産し路頭に迷っていた私に、当時開業したばかりのカフェ・フォレストを手伝うよう計らってくれたのです」

昨年の春、恩人である浦島源太郎師範は亡くなった。寂しさに嘆き悲しんだ店長だが、師匠が生前心配していたあることを、弟子である自分が代わりに果たそうと胸に誓ったのだという。

それは、章太郎さんの結婚についてだった。

「師匠がよくぼやいていました。章太郎は三十過ぎても一向に身を固める気配が無い。結婚の必要を感じないなどとほざいておるが、要するに相手がおらんのだ」

章太郎さんを見ると、首をすくめている。どうやら本当のことのようだが、私にはやはりこの人に相手がいなかったというのが不思議でならない。こんなに素敵な男性《ひと》なのに。

「どんな女性がいいんですかねえと私が尋ねると、師匠はこう言いました。たとえば、章太郎は大のコーヒー嫌いで、唯一の弱点みたいなものだ。それを克服させてくれる女性なら、結婚相手として申し分ないんだがな、と」

「えっ」

思わず声を上げた私に、店長は片目をつむってみせた。章太郎さんは知らん顔でミルクを飲んでいる。

「ふふ、その目安は実に的確でした。師匠の慧眼《けいがん》には驚かされるばかりですよ」

ミルクを飲み終えた章太郎さんは、カップを脇に寄せてカウンターに身を乗り出した。

「その師匠のために、こうなるよう持ってきたのはあなたですよね、峰さん」

私はぽかんとしたまま、二人を見比べる。

従業員が出勤してきたのか厨房《ちゅうぼう》の奥から物音が聞こえるが、店長はちらりと目をやっただけで、章太郎さんの前から動かない。

「織江を見に行ったんでしょう。適当な理由をつけて忙しい店を抜け出して、トモミ珈琲までわざわざ足を運んだ。違いますか？」

「さすが、師匠のお孫さんだけある」

端からは何のことなのか窺《うかが》い知れないやりとり。が、その話題の焦点は……私？

「それって、昨日のことですか。店長さんがうちの支店に……」

伊藤さんのボールペンを、近くに用があるついでに届けに来たと言って突然訪ねてきた。まさかと思うけれど、それしか無い。

「いかにもそのとおり」

店長はあっさり認めると、なぜそんなことをしたのか、どうしてこうなったのか教えてくれた。章太郎さんは私の肩を抱き、支えるように寄り添っている。

「シアトルのご両親から電話がありましてね。章太郎に結婚したい相手ができたそうだ。野々宮織江という女性なんだが、峰さんの知っている人かと訊《き》かれたのです。その時はぴんとこなかったのですが、トモミ珈琲さんのカタログを整理している時に、そういえば以前、受注ミスをした事務員さんが確か野々宮という苗字だったなと思い出しまして。気になって伊藤さんにお尋ねしたところ、フルネームは〝野々宮織江〟だというではないですか。これは章太郎くんのお相手に間違いないと確信しました。それで野々宮さんに直接お会いする機会を窺《うかが》っていたのです。そんな折、納品にいらした伊藤さんがボールペンを落としていかれた。神様が与えてくれた口実に喜んで店を抜け出してトモミ珈琲まで出掛けたわけです」

身体がぐらついてしまい、章太郎さんが支えてくれなければ倒れそうだった。章太郎さんの結婚相手にふさわしいかどうか見に来た相手に対し、私は迂闊《うかつ》な対応をし、さらに社会人としてあるまじき無責任な発言をしたのだ。失望されてしかるべきだ。

でも、店長はついさっき、『うっかりミスも迂闊さも、いつか克服できるでしょう』と言ってくれたはず。

——ああ、もう、わけが分からない。

「大丈夫だよ、織江。落ち着いて」

耳元で囁《ささや》かれた優しい声に、遠退きそうになった意識が引き戻される。しっかりと支えてくれる力強さと温もりは章太郎さんのもの。これ以上確かな現実はない。

「訪ねて行ったところで野々宮さんに会える保証は無い。しかし、天はここでも私に味方してくれた。受付電話に出た女性の声には聞き覚えがあり、階段を下りてきたあなたはまさしく野々宮織江さんその人だった。私は目をみはりました。あなたの立ち姿に、章太郎くんの姿が重なりましたから」

「私の……立ち姿に？」

章太郎さんを見上げると、満足そうに微笑《ほほえ》んでいる。先生としての顔だった。

「それからは、あなたもご存知のとおりです」

「は、はい。すみませんっ」

昨日のやり取りを思い出すとどうしても恥ずかしくてぺこぺこと詫《わ》びてしまうが、店長は首を横に振った。

「いいえ、私こそ悪かったです。勝手に偵察した上、章太郎くんのことを最後まで心配していた師匠のためにと、ついつい厳しいことを言ってしまいました。彼の伴侶《はんりょ》となる女性にはしゃんとしてもらいたくて、いらぬお説教までして。そして、章太郎くんを試すような台詞《せりふ》まで残してきた」

「え……」

「まんまと乗せられて、ここまで来たってわけだ」

昨夜、章太郎さんに電話をした。

『カフェ・フォレストの店長が君に言ったのか。いくら努力しても克服できないことがあると』

怒ったような声だった。まるで挑《いど》まれたかのように、むきになっていた。

「全然、気がつきませんでした。そんなこと、わたし」

「章太郎くんの選んだ女性なら、只者《ただもの》ではないはず。私は師匠の〝目安〟を試したくなったのです。当事者であるあなたに何も語らずこんなことにお付き合いさせてしまい、済まなく思っています。このとおり、お許し願いたい」

店長に頭を下げられ、私はぎょっとして椅子から立ち上がる。

「えっ、あ、あの、頭をあげてください」

許すも何も、私は確かに驚いたけれど、すべて章太郎さんの家族の思いを託《たく》されてのこと。私にとっても章太郎さんは大事な人だから、もしも私が店長の立場なら同じことをしたに違いない。それなのに、お詫《わ》びだなんてとんでもないことだった。

「峰さん、織江が困ってるよ」

店長は頭を上げると、焦《あせ》りまくっている私……いや、寄り添い合う私と章太郎さんの二人を見て、柔らかな笑みを浮かべた。

「師匠もこれで安心されることでしょう」

店長は店の外まで見送ってくれた。

明るい朝の街に車や人がいきいきと動き始め、カフェ・フォレストも一日をスタートさせる。春の陽射しが街路樹に、ビルに、きらきらと反射して眩《まぶ》しい。

「野々宮さん、昨日のことですが」

挨拶をして立ち去ろうとした私に、店長が声を掛けた。

少し気まずそうな様子で、「言い訳になりますが」と、前置きをしてから言った。

「あなたに会いたくてトモミ珈琲さんに伺《うかが》ったのは本当です。しかし、伊藤さんの落とし物を届けたかったのもまた本当なんですよ。決して口実に使っただけではありません」

「はい」

峰店長が伊藤さんやお客様との信頼関係を説いたこと。それは互いを思いやる茶道の心得を教えてくれたということだ。

たとえボールペン一本でも、その持ち主を敬い誠実に扱う、それが茶道の精神なのだ。

「伊藤さんによろしくお伝えください。陶器のドリップセットが好評で、追加注文が入りそうですよと」

「あ……ありがとうございます！」

受注ミスをしたあの日から、ずっとわだかまっている自分への失望感。でも今、それを糧《かて》にして諦めず前に進んで行くことを、章太郎さんと、章太郎さんの先生が教えてくれた。

頑張って仕事をしたい。無限のエネルギーが湧き上がってくる。

「仕事の話はそれくらいにして、そろそろ帰るぞ」

章太郎さんが間に入る。店長と私を引き離すような仕草が、何となくおかしかった。

「おやおや、章太郎くんはやきもち焼きだね。心配しなくても野々宮さんは君に夢中ですよ」

「そんな当たり前のこと、言われるまでもない」

照れる私に対し、章太郎さんは余裕だ。私のほうが夢中だというのは、まぎれもない事実なのだし。

「ふふふ。それにしても、野々宮さんと出会って半年ほどですか？　今まで結婚のけの字も言わなかったのに、ずいぶんと早く決めたなあと、ご両親も驚かれていました。もしかしたら遺言が……」

「ひと目惚《めぼ》れなんてそんなものでしょう。俺だってその気になれば早いというか……まあ、どうでもいいことだ。行こう、織江」

「えっ？　きゃっ」

私の手首を鷲《わし》づかみにすると、足を速めてスロープを下りて行く。つんのめりそうになりながらも振り返ると、店長が呆気にとられた顔で見送っている。

店長の言葉を遮《さえぎ》るように言葉を放ったのも、急に逃げ出すようにしたのも、章太郎さんらしくなくて不自然だった。さっき、店長は何を言いかけたんだろう。いぶかしく思ったが、章太郎さんにぐいぐい引っ張られ、尋ねることもできない。

私が車をとめたパーキングビルの前まで来ると、「この近くの料亭で花を活ける仕事がある。慌《あわただ》しくて悪いが、時間が無いから今日はここで」と、そそくさと行ってしまった。

下りてきたエレベーターに乗り込んで空間が遮断《しゃだん》されると違和感も薄れる。些細な疑問は曖昧《あいまい》になり、代わりに今朝からの出来事を思い返す。

「章太郎さんも照れてるのかな」

明るい朝の中で、結婚に向けて進み始めている今この時の幸せに浸《ひた》っていた。


「今度、デートしようか」

下着を身につけている私の耳元に、章太郎さんが背後から囁《ささや》いた。

木曜日の午後十時四十分。

もうそろそろ帰らなければと、名残《なごり》惜しくも身体を離したところである。今夜もしっかり愛されて、下腹《かふく》の奥には熱い余韻《よいん》が残っている。

「デート?」

「そう、普通のデート。したことないだろう、俺達」

言われてみれば確かにそうだ。章太郎さんとはこうして毎週会っているし、濃密な時間を過ごしている。それ自体デートと言えないこともないけれど……

後ろから手を回してシャツのボタンを留めてくれる彼に、続きを促《うなが》すようにもたれた。

「俺の場合、仕事で土日が塞《ふさ》がってるから誘えないというのもあるが、自分本位になって君を振り回したくなくて、今までなかなか言いだせなかったんだが」

「そんなこと、私は構わないのに」

「いいや、俺は気にする。デートと称して一日中織江を欲しいままに拘束するのは本意じゃない。それに、愛する人のために辛抱するのも男の快楽であり悦《よろこ》びなんだよ」

「そ、そうなんですか？」

男性の生理はよく分からないが、大切に思ってくれるのは嬉しい。カーディガンを羽織らせてくれる彼の腕に、頬ずりして甘えた。

「もうすぐ連休だろう？　二人きりでゆっくり過ごせる日がほしくないか」

「もちろん、デートしたいです！」

身体ごと振り向き、素裸《すはだか》のままでいる彼に抱きついた。いつもどおりの、甘く爽《さわ》やかな香りが私をうっとりとさせる。

「では早速相談だ。いつがいい？　どこか行きたい場所はあるか？」

章太郎さんは明るく笑い、私を覗《のぞ》き込んだ。

「いつでも、どこでもいいです。章太郎さんと一緒なら」

「織江……」

見つめ合い、キスをする。私のことを一番に考えてくれる優しい気持ちが嬉しくて、この人の望みなら何でも叶えてあげたいと思う。

「よし、今回はすべて俺が決めよう。このデートは君へのプレゼントだが、その日は辛抱なんぞせず、欲望のままにがっつりいくからな、体調を整えておきなさい」

「は、はい」

プレゼントなのにがっつり？　一体どこに連れて行かれるのだろう。

ぎらぎらと燃える目つきがちょっと怖いけれど、私の身体は呼応してどきどきしている。初めてのデートなのに、ケモノ的な一日になってしまいそう。

淫靡《いんび》な予感が広がるけれど、期待に慄《おのの》いてしまう私はもうすっかり章太郎さんの虜《とりこ》だった。

章太郎さんとデートの約束をしている五月四日の朝、我が家に重要なニュースが届いた。

「ちょっと織江、早く来て。三船さんがいらしたわよ！」

「三船さん？」

すでに出かける準備を整えていた私は、バッグと上着を手に自室を出ると、階段を下りていった。

「おはようございます」

「おはよう、織江ちゃん。今日は浦島先生とデートですって？　ちょうどよかったわ」

きょとんとして、三船さんを見返す。ウォーキングの途中なのか、スポーツウエア姿である。

「落ち着いて聞いてね。浦島先生のところに、アメリカのご両親が来てるそうよ」

「え……」

「まあ、そうなの。織江、あなた知ってた？」

目を丸くする母に、ぶるぶると頭を振る。先週の稽古ではそんな話は出なかったし、電話やメールでも特に知らされていない。

「さっきね、ウォーキングの途中でお寺の奥さんに会って聞いたのよ。昨夜遅くに浦島家にタクシーが停まって、ご夫婦が降りてくるところを見たんですって」

「ええー、じゃあ間違いないわねえ」

浦島家の正面に建つ光明寺の奥さんが情報源と知り、母は興奮気味に何度も頷《うなず》く。

三船さんは、私と母を交互に見ながら、この情報がどれほど重要な意味を持つのか力説した。

「浦島さんご夫妻はね、年末年始は仕事が忙しいから、いつもお盆の時期に帰って来るの。ご先祖様を供養したりお墓参りをしたり、家族揃《そろ》っての行事のために帰国されるわけ」

ことの重大さを的確に伝えるためか、三船さんの声はどんどん大きくなる。

「何かあったの？」

リビングのドアが開き、連休初日から泊まりに来ている姉が顔を出した。夫の和樹さんが連休中も出勤で帰りも遅いらしく、どこにも遊びに行けず退屈だからと連泊しているのだ。実家に来てもさらに退屈なためか、私と章太郎さんについて事細かに聞いて来るので、ちょっと戸惑ってしまう。姉が私のことに興味を持つなんて、これまで滅多になかった。そういえば、最近はよく実家に顔を出すようになったなあとぼんやり考えていると、三船さんに肩をゆさゆさと揺すぶられた。

「しっかりして、織江ちゃん。ここからが大事なところなのよっ」

「はっ、はい。すみません」

デートが楽しみでわくわくし過ぎて昨夜よく眠れなかった。頭がはっきりせず、三船さんの勢いに押され気味である。

だが次の瞬間、そんな私もいっぺんに目が覚める。

「それが、どうして今年に限ってこの時期に帰って来たと思う？　息子の花嫁候補に会うためでしょう！」

三船さんの断定的な言葉に衝撃を受ける。

花嫁候補に会うために？

わざわざ予定を前倒しして？

でも、それしかないだろう。

あああああ、そんな――

激しく動揺する私。

そして、目眩《めまい》を起こしそうなのか、壁に手をついて身体を支えている母。

後ろで見物している姉もちょっぴりそわそわした感じで、お腹の辺りをさすっている。

最近食欲が増したとかでやたらと間食しているから、お腹を壊したのだろうか。

なんてことを考えている場合ではない！

「どどど、どうしよう」

オロオロするばかりの私を押しのけ、母が金切り声で叫んだ。

「お父さんと相談しなくちゃ。お父さんはどこっ」

廊下をよろけながら歩いてあちこち探すが、父はまだ寝ているのか見あたらない。私の家族って、何かあるとすぐに浮き足立ってしまうし、ちっともまとまらない。

この先どうなるのか、かなり不安――

章太郎さんの家族。彼のご両親はどんな方達なのだろう。章太郎さん自身があまり話したくないみたいなので、私からは話題にしなかった。浦島夫妻をよく知っているであろう三船さんも、なぜか詳しく話そうとしない。

『彼を信じて、突き進めばいいんだからね』

と私に言い聞かせ、私自身もそれでいいのだと思い、追及してこなかった。

こんな私にできるのは、大好きな章太郎さんを信じること。それだけだから――

三船さんは何かを懸命《けんめい》に考え始めている。きっと、仲人《なこうど》としてのこれからの段取りだろう。章太郎さんと私の結婚を、機を逃さず進めるために全力で考えてくれているようだ。うろたえる私、興奮するばかりの母、そわそわしながらも傍観《ぼうかん》に徹する姉。

そして、こんなに皆が騒いでいるのに朝寝を続ける父。ある意味、とてつもなく豪胆な人物に感じられるが、もちろんまったくそんなことはない。それは、父の性格をまるごと受け継いでいる私がよく分かっている。

いまや三船さんだけが頼りだった。

「とにかく、浦島先生に聞いてみましょう」

高らかに呼び鈴が鳴り響いたのは、三船さんがぽんと手を叩いたのと同時だった。私はびくっとして、全身で跳ね上がる。肝心なことを忘れかけていた。今日は遠出をするので、朝早く迎えに来てくれることになっていたのだ。急いで玄関ドアを開けようとすると、母がずいっと前に出て私を止めた。緊張のためか、かなり恐ろしい形相《ぎょうそう》になっている。

「私が、お出迎えします」

「はいっ」

思わず手を引っ込めたドアノブを母が握りしめ、ゆっくりと回して押し開ける。

「おはようございます！」

聞こえたのは爽《さわ》やかな挨拶。

そして、現れたのは……

「おおお」

その場にいる全員の視線が彼に集中し、一斉にもれたのは感嘆の声とため息。

章太郎さんが、朝陽を背に神々しく輝いている……かのように見えたのは、いつもと違う服装のせい？　長着《ながぎ》や羽織といった和服ではなく、洋服の、しかもスーツを着ている。私はもとより母も姉も、三船さんまでうっとりと見惚《みと》れてしまっている。

「か、かっこ良すぎです」

感動に打ち震える私に、にっこりと微笑《ほほえ》みかける章太郎さん。家族の前だというのに、とろとろに蕩《とろ》けそうになってしまう。

一見して仕立ての良いものと分かるグレーのスーツは、体格の優れた章太郎さんにしっくりと馴染んでいる。グレーの色合いに、シャドーストライプが品格を保ちながらも微量の光沢を添え、華やかさを演出している。シックなデザインが、大人の男性の魅力を引き立てているのだ。ネクタイは、栴檀《せんだん》の花を思わせる淡い紫。章太郎さんの好きな棟色《おうち》だ。五月の爽やかな気候に調和して、とてもきれい。

「洋服もお似合いになるなんて素敵だわあ。ねえ、織江」

母が興奮気味に囁《ささや》くが、私はうんうんと頷《うなず》くばかり。

こんなにかっこいい人が私の恋人だなんて、嬉しいをとおり越して怖くなってしまう。とにかく何もかもが完璧で眩《まぶ》しすぎて、しっかり目を開けていられない。それでも見つめてしまうのは、この人のことが大好きだから。眩しくても必死に目を凝らした。

章太郎さんのふわりと梳《と》かされた髪がブラウンに透けている。瞳の色と同じで色素が薄いのかもしれない。いつも感じることだけど、彼の精悍《せいかん》で整った顔立ちや逞《たくま》しい体躯《たいく》は、洋画に出てくる俳優のよう。明るい日差しの下、洋服を着た彼はますます異国の人のように見える。茶華道《さかどう》の先生であり、純和風の暮らしを営む章太郎さんなのにと少し不思議な気持ちだった。

章太郎さんはあらたまって挨拶をすると、手土産《てみやげ》の菓子折を母に差し出した。母は恭《うやうや》しく受け取るが、菓子よりも章太郎さんのほうが気になるようで、じろじろと観察するあからさまな視線に私のほうが恥ずかしくなる。だけど章太郎さんは物怖《ものお》じすることなく、丁寧に頭を下げて申し出た。

「今日は一日、織江さんをお借りします」

びっくりした母は観察を打ち切り、ぺこぺことお辞儀《じぎ》を返す。

「そんな先生。どうぞあの、ごゆっくりとお出掛けください。織江をよろしくお願い致します」

「ありがとうございます」

母親の了承を得たためか、章太郎さんは嬉しそうにしている。

ごゆっくりと聞いて、私も内心ほっとした。友達と遊びに行くのでも帰りは何時になるのかうるさく聞いてくる母だが、章太郎さんに関しては全面的にお任せのようだ。

「ところで先生、ひとつ確認させていただきたいのだけど」

ひととおり挨拶が終わると、脇で控えていた三船さんが一歩前に出て、章太郎さんに詰め寄った。

「ご両親が昨夜お帰りになったっていうのは……」

「さすが三船さん、早耳ですね」

訊《き》かれるのを分かっていたかのような、素早い反応だった。いきなり本題を切り出され、私や母のほうがうろたえてしまう。

「やっぱり本当なのね」

「はい、昨夜遅くに到着しました。突然のことで、私も驚いたのですが」

ちらりと私を見る。意味ありげな視線にどきっとして、もしかしたらと期待が高まるけれど確信は持てない。もし、違っていたら……

「それはやっぱり、織江ちゃんのことで？」

三船さんがずばりと訊《き》いた。第三者の存在は頼もしく、私も母も彼女に感謝しながら章太郎さんの答えを待つ。

だけど、なぜか彼は黙ってしまった。

「そうなんでしょう、先生」

肯定の言葉を引き出そうとする三船さんに、唇を結んだままでいる。

訊かれることを分かっていた様子だったのに、不自然な反応だった。いつもの彼らしくない、心を閉ざしたような態度に不安になる。

「先生？」

三船さんが遠慮がちに促《うなが》すと、章太郎さんは小さく息を吐いてから、母のほうを向いて返答した。

「……今日の帰り、織江さんを送り届けて、その時にお話しします。まずは、彼女に伝えてから」

私と目を合わせた。

信じてくれ――

声が聞こえた気がする。

「わ、分かりました。後ほど、きちんとお話ししてくださるということなら」

母は戸惑いながらも、了承した。何ごともはっきりさせたい性分《しょうぶん》なので不満だろうが、三船さんがいるためか、逸《はや》る気持ちをなんとか収めたようだ。

「それではこれで。行こうか、織江さん」

「えっ？」

胸の前に差し伸べられた手を、反射的に取ってしまった。

「あ、あれ……」

章太郎さんは私の手をしっかりと握りしめると、軽く引いて身体を寄り添わせた。母も三船さんも、さっきから傍観《ぼうかん》している姉も、気が削がれたのかぽかんとしている。章太郎さんは明るく笑い、いつもの大らかな彼に戻っていた。

野々宮家に横付けされた車はツードアクーペという車種だった。左ハンドルということは輸入車である。重量感のある黒いボディはぴかぴかに磨《みが》き上げられ、鏡のように景色を映している。

「この車、章太郎さんの？」

思わず質問すると、「そうだよ」と言いながら、助手席のドアを開けてくれた。

普段はガレージに入れっぱなしで、仕事に出掛ける以外は乗る機会もないとのこと。

私も先生の車を見るのは初めてだし、もちろん乗せてもらうのも初めてだ。

ワンピースの裾を気にしながら助手席に入る私を、さり気なくフォローしてくれる。スマートな彼の所作《しょさ》に、門扉《もんぴ》の前で並ぶ母と三船さんが、「さすが浦島先生」「いいわねえ」と、大袈裟《おおげさ》にはやし立てた。姉だけは玄関ポーチに留まり、こちらを睨《にら》むようにしている。さっきから不機嫌にみえるのだが、気のせいだろうか。

「いわゆるアメリカン・マッスルカー。出不精《でぶしょう》の男には贅沢《ぜいたく》な代物だが、祖父《じい》さんの影響でどうしてもコイツが欲しかったんだ」

車内を見回してみると、広々として快適な空間である。外側も堂々として立派で馬力がありそうで、章太郎さんにふさわしい乗り物だと思う。だけど、祖父の影響というのはもの凄く意外である。

「お祖父さんの好きな車種なんですか？」

「ん？　ああ、お袋のほうの祖父だ。閉めるよ」

章太郎さんは短く答えると、助手席のドアを閉めた。

そうか、お母さんのほうのお祖父さんなんだ。と私は一応納得するが、外国の車を好まれるというその人に、章太郎さんのような和のイメージは思い浮かばなかった。

外に出てきた母達に挨拶をした後、章太郎さんは運転席に乗り込むとシートベルトを締め、エンジンをかけた。ゆっくりと発進する車の中で後ろを向くと、母と三船さんが見送ってくれている。姉の姿は無く、やっぱり機嫌が悪いのかなと少し気になったが、角を曲がってからは考えないようにした。

章太郎さんとの初めてのデートを満喫したい。

いくつかの気掛かりを置き去りに、私はわくわくする心のままに前を向いていた。


国道を南に走り、やがて車は高速道路のゲートを潜る。

家を出発してから、章太郎さんは時々私のほうへ目をくれては、ご機嫌に笑ったり、口笛を吹いたりしている。

「晴れてよかったですね」

「ああ、五月晴れってやつだな。空が抜けるように青い」

デートの目的地は、ちょっとしたリゾート。彼が誘った言葉を思い出す。

『海辺のホテルに一日滞在して、二人きりでのんびり過ごすってのはどうだ』

章太郎さんは、親戚《しんせき》が会員になっているというホテルの名を挙げて提案した。のんびりするのは大好きなので、私は即座に賛成した。

だけど、そこが最高級のサービスと超高額な宿泊費で有名な外資系リゾートホテルだなんて、ネットで検索してみるまで知らなかった。日帰り利用なので多少控えめな料金かもしれないが、それでも高いはず。決して、ちょっとしたリゾートなどではない。

章太郎さんは、『このデートは、君へのプレゼントだ』と言った。初めてのデートだから張り切っているのだろうか。贅沢《ぜいたく》しなくても、私は満足できるのに。お金の心配をして彼の意気込みに水を差すのはどうかと迷っているうちに、今日に至ってしまった。

ここまで来たら、心を決めて一緒に楽しもうと思う。

「それにしても、三船さんの情報収集力には驚かされるよ。昨夜のことが、今朝にはもう野々宮家に伝わっているとはね」

「そ、そうですね」

私は膝の上で、もじもじと指を絡めた。

「壁に耳あり、障子に三船さんあり……か。ちょっと怖いな」

「えっ？　あ、あはは……」

冗談めかして笑う章太郎さんだが、まさか彼のほうからその話題を振ってくるとは思わず、ぎこちない笑顔になる。でも、それならば今、訊《き》いてもいいのかもしれない。

「それで、あの、章太郎さん」

「ん？」

「お父様とお母様は、その、私のこと……」

インターを降りて一般道に入る。車の流れに乗ってから、彼は明るく答えた。

「もちろん、君に会いたいと言ってる」

「えっ、本当に？」

最も喜ばしい返事に、声のトーンも高くなる。

「それじゃあ……」

章太郎さんは前のめりになる私を抑えるように、さっと腕を伸ばした。

「だけど、少し待ってほしい。まずは君に、俺の家族について順を追って話したい。今まで、きちっとした形で話したこと無いよな」

確かにそのとおりだ。

章太郎さんの家族について、三船さんからおおまかに教えてもらっただけで、章太郎さん自身から聞かされることはなかった。ご両親の写真も見たことがない。カフェ・フォレストの店長の話から、お祖父様について少し知ることができたが、それも断片的なものだった。

「必ず話すから」

「はい、章太郎さん」

順番に話したいと言うのなら、慌てないでおこう。ゴールは目の前にあり、焦《あせ》ることはないのだ。

「それよりも、今は……」

「え？」

私の頬に軽く触れて、腕をハンドルに戻した。

何の合図かぴんときて、さっと目をそらした私は、異様にどきどきしている。どんな時でも余裕を失わない大人の彼が、心から羨《うらや》ましい。

温泉旅館やホテルが並ぶ海沿いの道を十五分ほど走ったところで、丘を上る曲がり道に入る。カーブに沿って坂道を上って行くと、樹木が途切れて視界が広がり、陽射しに輝く建物が見えてきた。海に向かってそそり立つのは、今日の目的地。広大な敷地を有するリゾートホテルだった。

章太郎さんはロータリーに車を回し、正面玄関前に停止した。

「さ、おいで」

車から降りた私の腰に手を添え、軽く引き寄せる。

「初めてのデートを楽しもう。君の心も身体も、たっぷりと愛したい」

ドアマンに聞こえそうな際どい囁《ささや》きと、さり気なく腰を探る指先に身体が火照《ほて》り始める。

与えられた刺激に何もかもが吹き飛び、彼と過ごすこれからだけが私の全てになった。

客室は最上階のオーシャンビュースイート。

ベッドルームのほかにリビングやダイニングまでが続き部屋になっている。ホテルというより、豪華な別荘という趣《おもむき》だ。リゾートらしいブルーを基調とする部屋には、まっ白な輸入家具風の調度品が設《しつら》えられている。十二分に用意されたアメニティの数々にも目をみはった。部屋の優雅さと高級感に圧倒されてしまうが、それよりもなお贅沢《ぜいたく》だと感じるのは、ガラス窓いっぱいに横たわる太平洋だった。

「うわあ、雄大」

どこまでも広く、悠々として、その眺望は誰かを連想させる。

「久しぶりに見るよ、こんな景色は」

後ろから近付いた章太郎さんが腕を回し、私を捕まえた。素肌《すはだ》の感触に振り向くと、スーツを脱いでシャツも取り去り上半身裸になっている。

「脱いじゃったんですか？」

スーツ姿をもっと堪能《たんのう》したかったのに。残念に思い、拗《す》ねた言い方になってしまう。

「はは……洋服はどうもしっくりこなくてね。君のために気張ったんだけど、やっぱり和服が一番だな」

「でも、かっこ良かったのに」

二人きりになった途端、甘えた声になる。彼に向き合うと、胸にもたれて頬を摺《す》り寄せた。いつもの香りと、うっすらと皮膚に滲《にじ》む汗が、私の官能を刺激してくらくらしてきた。

「ふうん、惚れ直したか」

章太郎さんが腰を捕まえたまま髪を撫《な》で、それから背中、ヒップへと軽くタッチしていく。

誰もいない。あるのはただ、抜けるように青い空と海。

「織江から誘惑するとはね……すぐに乗る俺も、かなり惚れこんでる」

ワンピースの裾をめくり手を潜らせると、腿《もも》の間を探り、奥に入り込んで確かめてくる。

「あ……」

「いつから？」

押し込まれた中指に合わせて腰が動いてしまい、恥ずかしくて顔を隠した。ホテルの玄関で囁《ささや》かれてから、しっとりと濡れ続けている。

「嬉しいよ」

私よりももっと甘く、蕩《とろ》けてしまいそうな彼の声。

章太郎さんは指を抜くと、せっかちな手つきでワンピースのファスナーを降ろし、上に羽織るニットごと肩から脱がせた。キャミソールも下ろされ、あっという間にブラとショーツだけの姿になってしまう。窓からの明るすぎる日射しに、白くて頼りない身体が晒《さら》される。

「待って、カーテンを閉めてから」

「見せないつもりか？」

意地悪く言うと、ブラを押し上げて乳房を揉《も》みしだいた。

「きゃ……んんっ」

声を上げそうになった唇を塞《ふさ》ぎ、舌をねじ込み、喉まで届きそうに深く蹂躙《じゅうりん》してくる。

胸は好きなように揉まれたまま。いきなりの激しい愛撫に気が遠くなりそうになるが、
腰を支える腕の力は強く、倒れるのを許さない。

「しょ……たろうさ」

「言っただろ。辛抱なんかしない、がっつりいくぞって」

そうだけど、私だって覚悟していたけれど、こんなに明るい部屋で、ほんとにケモノ
みたいに襲ってくるなんて。

「まだ序の口だよ、織江」

「ひゃあっ」

章太郎さんは私を肩に担ぎ上げると、ドレッサーチェストの上に座らせた。鏡を背に、
ぎらついた双眸《そうぼう》に磔《はりつけ》にされて動けない。押し上げられたブラを直すのも、中途半端に開
いた足を閉じることも許されなかった。

私はもう、章太郎さんの欲望を満たすための獲物なのだ。

「や、優しくして」

懇願《こんがん》するようでいて誘惑の意味がこもる、いやらしい台詞《せりふ》を口にする。優しくしてほ

しいのも愛してほしいのも本音。とにかくこの人に抱かれたい。

「君のためのデートだからね、ちゃんと満足させてやる。ただし、俺のやり方で……」

思いやりに満ちた声音の底に、男の情欲が熱く滾《たぎ》っている。

スラックスのポケットから小箱を取り出すと、中の綴《つづ》りからひとつ千切って口にくわえた。ベルトを外してスラックスを下ろし、下着もソックスも脱ぎ捨てると、手際よく準備を済ませる。

私は微《かす》かに震えながら、ただ見入っている。

アスリートのように逞《たくま》しい身体は、スポーツで鍛えられたのだろうか。

どうしてこの人が茶道の先生なんだろう。スポーツ選手とか、インストラクターとか、見た目にふさわしい職業なら他にもあるのに。でも、やっぱり茶道の先生としての浦島章太郎さんが一番好きだと思う。和服を着て、茶室で点前《てまえ》を行うひとつひとつの動作に、いつも見惚《みと》れていた。美しく、凛々《りり》しい姿にときめきが止まらなくて……

「どうした、またぼーっとして」

気がつくと、章太郎さんが近付いていて、私の頬を撫《な》でていた。包み込むように、慰《なぐさ》めるように、愛おしむように。

「……章太郎さん」

「そのままでいい。織江のそんなところが堪《たま》らないよ」

私のお尻を持ち上げるようにすると、ショーツに指を掛けてするりと脱がせた。

「やんっ」

首筋を吸われ、びくんと身体が弾んで彼に抱きついてしまう。ブラのホックを外す小さな音がして、私は戸惑う間もなく裸にさせられた。

「もう充分だろ、これ以上焦らすな」

「だ、だって……あ」

大きく開かれた足を章太郎さんが両脇に挟んで、自身に引き寄せる。いきり立ったそれが扉を押し、有無を言わさず入ってきた。

「は、ああっ」

ゼリーを崩すような感触に羞恥《しゅうち》を誘われる。でもそれは、滑《なめ》らかに彼を迎え入れるための生理現象によるもの。痛みは感じなかったが圧迫感に腰が浮いてしまい、思わず彼にしがみついた。

思いどおりの体位に持ち込んだ彼が、いつもより強引に、一方的に、ナカを満たしていく。涙が目尻に滲《にじ》むけれど、苦しいからじゃない。大好きな人に求められるのが嬉しい。初めて彼に許してからこれまで、何度抱かれてもその感覚は変わらず、それどころかどんどん大きくなる貪欲な感情だった。

「っく、おり……え」

彼の身体を抱き締める。私に、愛する方法を教えたのはこの人だ。大木につかまる蝉《せみ》みたいな構図に、私はなんて頼りないんだろうと自覚する。でも、そんな私だって甘い蜜が吸いたい。欲しくて欲しくて、必死でしがみついている。

「仕込みすぎたか……ったく」

乱れた息とともにそう吐き出すと、チェストを支えに往復運動を始めた。私はもう蜜を吸うどころではなく、思うさまぶつけてくる情欲を受け入れるしかない。背中がのけ反り、嬌声《きょうせい》がもれる。ぐちゅぐちゅと、はしたないほどあふれる愛液。

激しく穿《うが》たれるのはいつものこと。でも、今日の章太郎さんは、まるでお仕置きするみたいに、むきになって攻め立ててくる。柔らかな果実が揺れるのを、汗が伝うのを、彼の目が楽しんでいる。征服を果たした、勝者の笑みを浮かべて。

「あっ、あああっ」

強く抱いた彼の手指が肌に食い込み、足の先まで電流が走り抜ける。私は、どくんどくんと注ぎ込まれる愛情を、恍惚《こうこつ》としたまま呑み込んだ。

「おり、え」

抱き締め合い、息を整える。

だけど、汗が引かないうちに私はチェストから下ろされ、後ろを向かされた。

「しょ、章太郎さん?」

「手をついて。君は鏡を見ていなさい」

「え……やっ、なにを」

腰をつかまれ、尻を後ろに突き出す格好《かっこう》をさせられる。顔を上げると、そこには頬を上気させた私がいて、いままさにケモノに襲われるところだった。

「やです、こんな……あっあん」

嫌がっても、どうしても甘えた声が出てしまう。そして、後ろから伸びた手に乳房を揉《も》みくちゃにされても、背後から何度も突き上げられても、抗《あらが》えぬ快楽に翻弄《ほんろう》され、自ら迎え入れてしまうのだ。

「だ、めえ」

鏡に映るのは、汗にまみれた淫らな私。その向こうには、愛おしそうに見つめる彼がいる。

身体じゅうに愛情を感じながら、白い陽射しの中に溶けていった。

場所が変わることで、気分が昂《たかぶ》ったのだろうか。

ベッドに運ばれた後も、章太郎さんはいつにもまして執拗《しつよう》に、貪《むさぼ》るようにして私を愛した。これまで経験のない長い時間をかけた性愛は体力を消耗させたけれど、それは辛いものではなく、快楽をともなう充足だった。

汗だくの身体を流そうと、章太郎さんがバスルームに誘った。

温泉を引いた湯船は半露天に設《しつら》えられて、お湯に浸かりながら悠大な海を眺められる。温まった素肌《すはだ》を、潮風が撫《な》でていくのが気持ちいい。

最上階の、しかも温泉が引かれた個室風呂なんて初めてで、後ろに彼がいるのに、つい身を乗り出してしまう。遥か遠くの水平線まで、パノラマで見渡せる。青い海とまっ白な船のコントラストがとてもきれいだ。

「見て、章太郎さん。遊覧船かな、それとも定期船？　沖の島に向かってるのかな」

「定期船だろう。ほら、危ないよ」

背後から抱きかかえられ、湯の中に沈められる。

「だ、大丈夫ですよ。湯船の周りにもスペースが取ってあるし、ガラスのフェンスに囲まれてます」

「フェンスの向こうは垂直の壁だ。落ちたら一巻の終わりだぞ」

「そうなんですか？」

最高のロケーションにはしゃいだ私だけれど、それを聞いて大人しくなった。フェンスは簡単に乗り越えられそうに低い。

「無防備で危なっかしいよ、君は。それとも、わざとか？」

「え……」

ぬめりのあるお湯の中で弄《いじ》られると、何だか卑猥《ひわい》に感じてしまう。幾度も達した後なのに、敏感に反応してしまう。水面が二人の動きに合わせ、ぴちゃぴちゃと波立っている。

「ん、あ……あっ」

「織江は誘うのが上手だね。茶室でも、しょっちゅう俺を誘惑して、苛めてくれるよな」

「そ、そんなこと」

ありませんと口答えしたいけれど、章太郎さんの恨めしそうな口ぶりは、単なる言いがかりではなさそうだ。でも、本当にそんなつもりはない。真面目《まじめ》に稽古しているだけなのに。

「どうしたんですか？　今日はなんだか……」

ノンストップの愛撫にさすがに戸惑い、もう何度も受け容れている箇所に潜《もぐ》り込もうとする中指を、やんわりとたしなめる。

「分からん。底無しに君を欲してる。壊れちまったのかな」

「あっ、もう……」

強引に押し入ってきた。彼自身ではなく、指を代わりに使い丹念に愛する。彼はゴムを着けていない。壊れながらも、懸命《けんめい》に自制しているのか。

「週に一度、それも三十分や一時間じゃ不完全燃焼で、俺の身体は常に燻《くすぶ》ってる。今日はとことん可愛《かわい》がるつもりだったが、想像以上に……君を抱けるのが無上の悦《よろこ》びで……

止まらない」

「章太郎……さん」

私は力を抜いて彼にもたれ、喘《あえ》ぎ声を上げた。

昼食の用意が整ったとの連絡を受けてからも、章太郎さんは物足りない表情のままベッドに寝そべり、私が着替えるのを眺めていた。見ているうちに我慢できなくなったのか私に近付くと、ワンピースの胸元や尻をまさぐり始め、何度もキスをせがんだ。

結局、しばらく客室を出られず、身支度を整えてレストランの席に着いたのは予約時間を一時間も過ぎた後だった。

新鮮な海の幸と山の幸を盛り込んだ和洋折衷《わようせっちゅう》のコースは季節感あふれる味わいで、とても美味《おい》しくいただけた。愛されすぎて疲れている身体に、じんわりしみこんでいくように。それなのに……

「ああ、物足りない」

彼はため息交じりにそんなことを零した。デザートを運んできたウェイターが困惑顔で詫《わ》びるが、私のほうが申し訳ない気持ちになる。

彼が物足りないのは食事ではない。

このあとも引き続き部屋で寛《くつろ》ごうと彼は提案するが、寛げるはずがない。本当にどうにかなってしまったのではと心配になり、別の案を出してみる。

「ね、章太郎さん。プールを覗《のぞ》いてみませんか」

インターネットのホームページに、昨年完成したばかりの真新しい屋内プールが紹介されていた。マッサージやエステなど、ホテルならではのリラクゼーション施設も充実しているが、南国をイメージした、青々とした水面が美しいプールに心惹《こころひ》かれた。泳ぐばかりでなく、トロピカルジュースやノンアルコールカクテルのサービスも利用できるとあった。プールサイドのチェアに寝そべれば、それこそ寛ぐことができそうだ。

「ふうむ、プールね」

章太郎さんは、三日月形のメロンをフォークとナイフで器用に切り分け、それを口に運びながら考えている。どうも、あまり乗り気ではないらしい。

「ダメ？」

ねだる仕草をしてみせる。こうすれば、何でも言うことを聞いてくれるような気がする。私はこの人に愛されているのだから……なんて、自惚《うぬぼ》れすぎだろうか。

だけど章太郎さんのほうが一枚も二枚も上手だという事実を、私はすっかり忘れていたのだ。彼は最初に出会った日から、私を思うようにする術《すべ》をなぜか熟知していたというのに。

「いいね、行ってみるか」

「ほんとに？　良かった」

喜ぶ私に、彼はニヤリと唇だけで笑い、言ったのだ。

「ただし、俺の選んだ水着を着なさい」

「……え」


それからが大変だった。

結論から言うと、章太郎さんはホテル内のショップで水着を買ってくれた。私の要望も聞かずに勝手に――

彼が選んだ水着……それは、必要最小限の布地面積で、スタイル抜群の南国美女にしか許されないようなデザイン。いわゆるマイクロビキニであった。

しかも白色だなんて、光に透けてしまう。

「こんなの、着られませんっ！」

まっ赤になって拒否する私を見下ろしながら、嬉しそうにニヤニヤしている。

「約束だろう。これを着なきゃ、プールには行かないよ」

「いくらなんでも酷《ひど》いです。エッチすぎます！」

必死の訴えにも、彼は耳を貸すどころか、ますますスケベな目つきになる。

「だからいいんだろ。俺は君のセクシーな姿を眺めたい。プールサイドで寛《くつろ》ぎながら、じっくりと、舐めるようにしてね」

私を困らせたくてわざと意地悪を言うのだ。部屋で二人きりになるのを避けようとしたのが気に入らないのだ。

やっぱりこの人は、我侭《わがまま》で強引で——

私はもう、逆転の発想をすることにした。まともにやり合っては、絶対に敵わないのだから。

「分かりました、着ます」

諦めたようにうつむいて、気弱に言った。

「ん？　本気か」

ちょっと驚いた様子。予想もしていなかったのだろう。

「恥ずかしいけど着ます。プールには、他の男の人もいるけど」

そう、章太郎さんだけではない。他の男性にも水着姿は晒《さら》され、舐めるように見つめられるのだ。

「ほ、ほう、着るのか」

明らかに動揺している。

後は、私が本気かどうかでこの駆け引きは決まる。私は私自身を投げ出すのだ。この人が仕込んだ、この人が大好きな私自身を。

「じゃあ、行きましょう。すぐに着替えますから」

プールへ歩き出した私の腕を、章太郎さんはぐっとつかんで止める。一瞬、「やった」とほくそ笑んだが、そのあまりの力の強さに驚き、小さく悲鳴を上げた。

彼の目は怒っていた。冗談でも、からかいでもない、まったく余裕の無い緊迫した目の色だった。

「章太郎さん……」

「悪い子だな、君は」

私を引き寄せると、手にしていた水着を取り上げ、そのまま抱きしめた。痛いくらいにきつく、私を拘束する。ロビーに出入りする男女が視線を向けてくるのにも構わず、こんなに大きな人が、まるで小さな子供みたいに。

「いつの間にそんな知恵が働くようになった。ぼーっとして、オロオロして、俺の意のままにされる織江はどこに行った?」

ひどい言い草だけど、本当のことだ。でも、それを章太郎さんが責めるなんておかしい。

「だって、あなたが変えたんだもの」

私はこの人に厳しく稽古をつけてもらい、しゃんとするようになったのだ。今でもぼーっとするのは直らないけど、少しは成長できている。そうでしょう?

「……そうだな」

まなざしで訊《き》く私に答えると、章太郎さんはまわしていた腕を解いた。そして私の頬を撫ぜながら、愛おしく見つめてきた。

「頼りない織江も、俺好みに仕上がった織江も、どっちも可愛《かわい》い」

もう怒っていない。プロポーズと同じ、ただ真面目《まじめ》に、自信なさ気に、愛情だけを全身で伝えている。切ない感情を滲《にじ》ませる瞳に胸がきゅんと鳴った。

「ごめんなさい」

いくら我侭《わがまま》に困らされても、私自身を投げ出すなんて絶対にしてはいけないことだった。彼にとって、それは一番悲しいことだから。

「部屋で休んで、それから砂浜を歩こうか。砂がまっ白でサラサラで、きれいだぞ」

章太郎さんは微笑《ほほえ》み、廊下のガラス越しに広がる海を指差す。丘を降りたところにホテルのプライベートビーチがあるんだと教えてくれた。

白い砂浜を恋人と歩く。それはとても素敵な提案だと思ったが……

ちらりと横目で彼を見る私にぴんときたようで、すぐに付け足した。

「もちろん、部屋ではお互い服を着たまま休むんだ」

「そ、そうですよね」

疑った自分のほうがエッチだと思い、耳まで熱くなるけど、やっぱり彼のほうが上手《うわて》で私は敵わないのだと思い知る。

「織江はこれでもOKだぞ」

マイクロビキニを頭上に掲げ、またもやスケベな顔になった。

「もう！」

げんこつで叩く真似をして胸に甘えた。我侭《わがまま》でも強引でも、真面目《まじめ》でもスケベでも、どんな章太郎さんでも私は大好き。何があっても離れたくない、離れられない。

まるごと包まれて目を閉じる。

心も身体も愛されて、このままずっとそばにいられますようにと、幸せの中で願った。


部屋で二時間ほど休むことにした。

確かに洋服を着たままベッドに横になったが、章太郎さんはその間、私にべったりと寄り添い手を握っている。これでは休憩できないのではと思いつつ、押し退けるなんて出来ずにじっとしていた。

だが午前中の行為でさすがに疲れたのか、他愛ないお喋《しゃべ》りの途中で寝息が聞こえ始めた。私はというと、初めて利用する高級リゾートホテルの部屋をあらためて見回し、何となく気分が昂《たか》ぶってきた。身体は疲れているはずなのに一向に眠気はおとずれてこない。ならばと、彼の頭にピローをあてがいそっと部屋を抜け出した。

せっかく立派なホテルに来たのだから探検してみたい。

章太郎さんは親戚《しんせき》が会員になっていると言ったけれど、その人はお金持ちなのだろうか。などと思い巡らせながら、ラグジュアリーな雰囲気の館内を、あちこち見てまわった。フロントでホテルの案内図をもらうと、コンシェルジュの女性が、ホテルで行われているサービスについていろいろと教えてくれた。

「こちらの催しものも好評ですよ。よろしければこれを」

郷土の陶芸作家によるグループ展が二階の特設会場にて行われているとのことで、呈《てい》茶券《ちゃけん》をパンフレットに添えて渡してくれた。大皿や壺、オブジェなど多数の陶芸作品が展示されているそうで、茶道具の茶碗や茶器なども目録に載《の》っている。

外資系リゾートホテルのため海外からの宿泊客も多く、その人たちにも向けた催しであるようだ。

そういえば外国の人と何度かエレベーターで乗り合わせたり、廊下ですれ違ったりしたな。あ、だからあんな日本人の体型に合わないような水着が売られてるのかも。

先ほどのマイクロビキニを思い出してしまい、一人で赤くなった。

「せっかくだから覗《のぞ》いてみようっと」

章太郎さんも誘いたいけれど、よく眠っているのを起こすのも何なので、とりあえず一人で行ってみることにした。

会場は静かで、思ったよりもこぢんまりとしている。

順路どおりに進んで行くと、奥まった場所に茶道具が数点展示してあった。私は目を近付けて、郷土の焼物らしき茶碗を細かな部分まで鑑賞した。

章太郎さんとの稽古では、茶碗や茶杓《ちゃしゃく》など道具を拝見する作法も毎回行う。亭主と正客《しょうきゃく》による問答が今でも苦手な私は、道具についてもなかなか覚えられない。こういったところで勉強するのも気分が変わっていいかもしれないと思い、熱心に見入った。

だから、突然ぽんと肩を叩かれた時、驚きのあまりとっさに背筋を伸ばしていた。てっきり、『浦島先生』かと思ったのだ。

だが、振り向いたところに立っていたのは章太郎さんではなく、品の良い笑みを湛《たた》える一組の男女だった。

男性は日本人のようだが、女性はおそらく欧米人だ。肌は陶器のように白く、束ねられた豊かな髪はブルネット。澄んだ瞳は薄茶《うすちゃ》色で、どことなくいたずらっぽい眼差《まなざ》しを向けてくる。

仕立ての良さそうなスーツを身に着けた彼らは、背筋がまっすぐで、五十代前半くらいに見える。夫婦だろうか、それとも恋人同士だろうか。いずれにせよ、見惚《みと》れるほどきれいな立ち姿であり、絵になる二人だった。

「失礼、驚かせてしまったかな」

男性のほうが銀縁眼鏡の位置を整える仕草をしてから詫《わ》びた。ぼーっとしていた私は、どきっとして我に返る。

「いいえ、私がぼんやりしていたので。こちらこそ、気がつかなくてすみませんでした」

「ごめんなさいね、ご鑑賞の途中におじゃましてしまって」

女性も声を掛けてくるが、流暢《りゅうちょう》な、というより日本人そのもののイントネーションだったので驚いてしまった。

二人はアメリカから夫婦で訪れている観光客だった。とても礼儀正しく穏やかな雰囲気に、いつしか私は緊張を解いていた。

「私達は日本のお茶の文化に興味を持っています。よろしければあちらで少し、お話をさせていただきたいのですが」

男性が示したのは、野点傘《のだてがさ》のもとで抹茶《まっちゃ》が振る舞われているサービスコーナーだった。もしかしたら私のことをホテルの従業員と間違えているのかもしれない。慌てて単なる客であることを説明したのだが、そうではなく、たまたま声をかけたのだと微笑《ほほえ》んでいる。

「あの、でも、私は大した知識も持ち合わせておらず……」

しどろもどろである。茶碗を熱心に鑑賞していたから、茶道に詳しいと勘違いされたのだろう。

「いえいえ、大丈夫です。ただ、あなたと少しお話をしたいと……せっかくですから、ね」

「私と、ですか？」

なぜだろう。他にも人がいるし、従業員や係の人のほうが詳しく話を聞けるのに。

「彼は日本人だけど、日本の方とお話をしたいの。ちょっぴり変わり者だけど、あやしいおじさんじゃないわ」

女性はウインクすると、私の横にぴたりとついてリードする。穏やかな物腰だが、有無を言わせぬ強引さも感じられる。

「はあ、私でよければ」

どうにも断り切れず、とにかく一緒にお茶をいただくことにした。

「いらっしゃいませ。どうぞお掛けになってください」

係の女性に案内されて、緋毛氈《ひもうせん》の縁台に腰掛けた。私は真ん中に据《す》えられ、夫婦に挟まれた格好《かっこう》になっている。

呈茶券《ていちゃけん》を係の女性に各々手渡すと、あらためて彼らは私を見る。私の親と同世代であろう美しい夫妻は、なぜか穴が開くほどの視線を私に送ってくる。微笑みを絶やさず、好意すら感じる優しげな眼差《まなざ》し。この人たちに、いつかどこかで会っただろうか。

いや、そんなはずはない。

私に外国人の知り合いはいないし、明らかに初対面である。

日本人が好きなのかなと、考えた。日本文化に関心が強ければ、好意的な視線にも納得がいく。

抹茶とお菓子が運ばれてきて、それをいただく間、彼らはひと言も発さなかった。お話をしたいということなのにどういうつもりだろうと不思議に思い、何となくそわそわしてきた。

「茶道の心得がおありですか」

抹茶を飲みきり、茶碗を丸盆の上に置いた私に、男性が不意に質問してきた。驚いて顔を上げると、彼の目は私の手元を指している。

「それは懐紙《かいし》ですね」

「あ……」

私はいつもバッグの中に懐紙を入れて持ち歩いている。今のようにお茶を飲んだ後に口元を清めたり、いただきもののお菓子を包んだり、メモ用紙代わりに使うこともある。

「茶碗も向こうに回してから抹茶《まっちゃ》を飲まれた。謙虚《けんきょ》さが伝わるような、とても丁寧な扱いでした」

折りたたまれた懐紙を握り込むと、私は質問を返した。

「茶道をご存じなのですか」

男性は返事をせず、ただ曖昧《あいまい》に首を振る。

「知識だけは持っていますので……ところで、あなたに茶道を教える先生はどんな方なのですか」

「先生、ですか？」

予測もしない質問に戸惑っていると、今度は女性が身を乗り出してくる。親愛の笑みを浮かべて身体を被せるようにしてくるから、ちょっとのけ反ってしまう。

「お茶のいただき方が、流れるように美しかったわ。一体どんな先生に習われたらそのような動きになるのかと、参考にしたいわけなの。ね、あなた」

男性は頭に手をやり、照れくさそうに頷《うなず》いている。

「ふふ、そうです。すみません、言葉足らずで」

まるで通訳のように話してくるが、彼女は欧米人。通訳してもらう男性は日本人である。不思議な二人だと思う。だけど、とても親しみの持てる感じの良いご夫婦であるのは間違いなく、私は質問に答えることにする。

「はい、私の先生は」

それから章太郎さん……浦島先生のことを、素晴らしい先生だと説明した。率直に伝えるほうが分かりやすく誤解も生まないと思い、感じるままを話した。

浦島先生は厳しいけれど、いいところを見つけてよく褒めてくれる。それでますますやる気になるのだと言うと彼らは目を輝かせて、「それは素敵だ」と、感激してくれた。

「私は先生に茶道を教えていただき、感謝しています。とても尊敬しています」

「そうですか。我々も是非そのような先生に習ってみたいものだ。なあ、エマ」

「あ、あなた」

男性が同意を求めたが、女性はぴくっと眉を上げ、緊張の面持ちになった。

「あ、えっと……そうね。本当に、とてもいい先生と出会えて、あなたが羨《うらや》ましいわ」

なぜか困ったように返事をし、急に立ち上がる。その動きがこれまでの穏やかさを破るようなものだったので、私はびくっとして見上げた。彼女は視線を会場の出入り口へと向けている。何か気に障ることでも言っただろうかと思い不安になるが、彼女はこちらを見直すと、ぎこちないながらも微笑《ほほえ》んでくれた。

「うふふ、あ、そうだわ。表に車が来てるはずよ。あなた、そろそろ出なければ」

「そうか、うん。そうだった」

促《うなが》された男性が腰を浮かせたので、こちらも慌てて立ち上がる。挨拶を交わすと、女性のほうが私の手を取り、ぎゅうっと握りしめてきた。手のひらは温かく、何か特別な思いが込められたような、力強い握手だった。

「あの、私は……」

「お話できて楽しかったわ。またお会いしましょうね」

「僕も、そう願っているよ」

ぱっと手を離すと、あっという間に会場の外へ出て行ってしまった。残された私は呆《ぼう》然《ぜん》として、立ちすくむのみ。突然の出会いと別れにうまく反応できない。

「あっ、お客様、お忘れ物です」

係の女性が、緋毛氈《ひもうせん》の上にハンカチを見つけて、会場の外に声を掛けた。男性の忘れ物である。

「あの、私が届けてきます」

咄嗟《とっさ》に申し出ると、ハンカチを受け取って二人を追いかけた。

だが、一階に下りロビーを抜けて外へ出た時には、二人を乗せたタクシーは走り去った後だった。

息を整えながら、狐につままれたような心地になる。互いに名乗りもしなかったことに今頃気が付いて、後悔のあまりしばらくロータリーから動けずにいた。

ホテルのロビーに戻ると、章太郎さんがこちらに歩いて来るのが見えた。

スーツを着て髪もきれいに梳《と》かしてあるが、前髪が額《ひたい》にかかり、リラックスした雰囲気である。

「織江、起きてたのか」

よく眠ったのか、すっきりとした顔で笑った。

私はなんとなく、ついさっきまでそばに居た不思議な夫婦を彼の上にダブらせた。立派で堂々として、それでいて親近感を持たせる人柄というのか。

「さっき二階にいるのを見かけて追いかけてきたんだ……どうした、ぼんやりして」

私の横に立つと、背中に腕を回して、ちょっと真面目《まじめ》になって訊《き》いてくる。

「うん、あの……」

どう話せばいいのだろう。切り出し方を探すのだが、上手くいかない。彼らの名前も知らないままに、章太郎さんのことを話した。どうしてそうなったのか今考えるとよく分からない。見も知らぬ人達だったのに。

「ホテルを見物してたのか」

「え？　あ、うん」

そうだった。そもそもそれが目的で部屋を抜け出したのだ。

「あんまり広いから迷ってたんだろ」

「そんなことないです」

からかう言い方にむきになると、彼は嬉しそうに肩を抱き寄せ、玄関ホールの外へ誘った。

「どこかに行くの？」

「どこって、プライベートビーチだよ。約束したろう」

いつの間にか時間が経ち、もう夕方近くになっていた。

「今からなら、ちょうど夕陽を眺めることが出来る。きれいだぞ」

砂浜も海原も、なにもかもがオレンジに染まりゆく夕景を思い浮かべてみる。恋人同士にとって最高のシチュエーションにわくわくしてきた。

「行きたいです！」

「よし、おいで」

腕を差し出す彼に応え、手を添えようとした。その時、忘れ物のハンカチを握りしめていることに気付く。よく見れば、このハンカチはとてもきれいな棟色《おうち》で、章太郎さんのネクタイと同じ色だ。

（あとでフロントに預けよう）

とりあえず提《さ》げていたバッグに仕舞った。

「どうかしたのか？」

「ううん、何でも」

彼と腕を組み甘えるようにして凭《もた》れ、砂浜へ向かった。

視界いっぱいに広がる太平洋。遠くまでゆるやかに弧を描く白い砂浜。

想像以上に雄大でロマンチックな夕景に見惚《みと》れていると、不意に章太郎さんに後ろから抱き締められた。独特の香りに包まれ眠るように目を閉じかける私に、彼はゆったりとした口調で話しかけてきた。それは、朝に約束をしたあのことだった。

「織江。今から俺の家族について順を追って話したい。まずは――」

ここで一度言葉を切ると、ひと呼吸して続けた。

「まずは、母親が外国人であるということ」

「がいこく……じん？」

「ああ、そのままだ。日本人じゃないってこと」

ぎこちなく復唱する私を、いたずらっぽく覗《のぞ》き込む。薄茶《うすちゃ》色の瞳には、幸せに身を委《ゆだ》ねる私が映っている。

「米国ワシントン州シアトルの出身で、食品会社を経営する社長夫妻の一人娘。聡明で美しく、活動的なお嬢様だった……と、本人は語っている」

ユーモラスな口調に、彼の愛情が感じられる。米国ワシントン州シアトル。アメリカ合衆国北西部の都市だ。

「シアトルは、お母さんの故郷だったのですね」

「うん。ちなみに、祖父の会社は主にレストラン経営を行っている。シアトルでは人気のカジュアルダイニングだそうだ」

章太郎さんの好きなアメリカの車と、〝母方の祖父〟のイメージが、ようやく一致する。まさに、アメリカン・マッスルカーなのだ。

「驚いた？」

「ううん」

驚くよりも納得している。

章太郎さんのことを、洋画に出てくる俳優のようだと最初から思っていた。彫りの深い顔立ちも、逞《たくま》しい体躯《たいく》も、薄茶色の瞳も。章太郎さんはその身体でお母さんの故郷を表していたのだ。

「お袋が米国人というのは内緒にしてるわけじゃない。ただ、外国人の親を持つことで人格に関係ないところで変に好かれたりすることがあってね。いつからか、あえて口にしないようになってた」

「そうだったんですか」

「ありのままの俺を見て欲しくて。特に織江には」

章太郎さんは様々な経験をしたのだ。私の友達にも欧米人の外見やスマートさに憧れる子がいる。きっと女性に関してもいろんな思いをしてきたのだろう。

「でも、内緒にしたのと同じだな。君が先入観で人を見るわけがないのに……ごめん」

首を横に振った。

今ここにいる、ありのままの章太郎さんが好き。私にとって、それだけが大切なことだから謝ることなんて無い。

「ありがとう」

髪にキスをひとつして、彼は話を続ける。

「比較的裕福な家庭に生まれ、子煩悩《こぼんのう》な両親のもと何不自由なく育った彼女は、高校を出た後、大学に進学し、日本語を専攻した。そして、研修と国際交流イベント参加のために日本に訪れた二十一歳の秋に、運命の出会いを果たすことになる」

ドラマや映画のような語り口調にどきどきしてきた。海を渡るロマンスに、期待が膨《ふく》らんでゆく。

「そのイベントに、俺の父親がゲストティーチャーとして参加していた。主催者側から茶道の先生として招かれ、会場で野点《のだて》の実技を行っていた。——もう、分かるだろう」

私は頷《うなず》き、身体をよじって彼を振り返る。

「それはまさに運命の巡り合わせだった。親父は性質も穏やかで優しく、その上男前ときてるから女性にはもてたらしい。だがそれだけではなく、和服姿で茶を点《た》てるトラディショナルな佇《たたず》まいに、お袋は参ってしまったんだな」

燃えるようなオレンジに染まる景色と、彼の聞かせるロマンスが相乗効果となり、私をうっとりと酔わせる。章太郎さんのお父さんとお母さんは、運命的な出会いを果たし、互いに惹《ひ》かれ合い、愛し合い、国際結婚をしたのだ。

「そして生まれたのが俺。彼らの大事なひとり息子である浦島章太郎だ」

私を解放すると、今度は手を繋《つな》いで渚《なぎさ》に誘う。砂の上には他に人影もなく、海岸線にともり始めた灯りだけが、二人を見つめている。

「幸せな日本での暮らし。このままずっとこの国で、浦島家の一員として生きていくのだとお袋は信じていたが、ある日思わぬことが起きた。シアトルの祖父が、突然親父に会社を継いでほしいと申し入れてきたんだ」

「会社を……」

「そうだ。祖父はそれまで、親戚《しんせき》に当たる役員の誰かに社長の座を譲る考えだったらしいが。――まあ要するに、娘一家を自分のもとに呼び寄せたくなったんだな。寂しくなったんだろう」

「そんな、突然に？」

「そう。でも会社経営など素人の親父にできるはずもない。それに、親父は浦島家の跡継ぎであり、日本を離れるなど無理だ。断るのが当然だろう」

私はもっともだと思った。

だけど――

「ところが、親父は二つ返事でＯＫした。お袋はもちろん、頼んできた祖父さえも驚いていた。それよりも驚愕《きょうがく》したのが親父の親父、つまり俺の日本の祖父《じい》ちゃんだ」

去年の春に亡くなられた浦島源太郎さん。最後まで章太郎さんのことを心配していた、孫思いの優しいお祖父さん。浦島茶華道《さかどう》教室の生徒にも大先生と呼ばれ、慕われていたと聞く。

「大喧嘩になった。まあ、親父はもともとおっとりだから、祖父ちゃんが一方的に怒りまくっていたんだが、事態は変わらなかった。親父は穏やかだが、実はかなりの頑固者で、誰が何を言っても聞かなかった。とうとう祖父ちゃんが諦めて、息子一家を遠いアメリカへ送り出すことになった」

私だって驚いてしまう。章太郎さんのお父さんという人は、なんて変わり者なんだろうと。

だがさらに、この話には奥があったのだ。

「実のところ親父は、アメリカの祖父のためにではなく、妻のことを思って移住することに決めたんだ。日本での暮らしを楽しんでいるように見える彼女だが、やはりどこかで生まれ育った故郷を、愛する両親を恋しがっている。カフェ・フォレストを開業したのも、故郷を懐かしんでのことだった。社長の娘であってもレストランで働いたこともないし、コーヒーひとつまともに淹《い》れられないのに。そのせいで息子の俺が実験台になってエラい目にあったわけだが……まあ、それはいい。とにかく、そんな寂しい気持ちをずっと見守ってきた男の、これは決断のきっかけだった」

「そうだったんですか……」

驚く以上に感動してしまう。愛する妻のために、そこまでしてくれるなんて。

「それで、お父さんはシアトルの会社を？」

「そう、だが社長でも支配人でもなく、見習いとしてイチから仕込んでもらうよう頼んで入社したんだ。それが移住の条件だった。社長の椅子を譲る気でいた祖父は、首を捻《ひね》ったそうだよ」

苦笑しているが、そんな父親の心意気が誇らしげでもある。スケールの大きな凄いお父さんなのだ。

じんとした気分になるけれど、ただひとつ疑問があった。シアトルに呼ばれたのは娘一家ということだったのに。

「俺はついて行かなかった」

足元に飛沫《しぶき》がかからないよう、章太郎さんは私を自分のほうに引き寄せた。温もりにほっとする。

だって、その時章太郎さんがついて行ってしまっていたら、今、こんなふうに抱かれていなかった。

上体を屈《かが》めると、私をなだめるように後ろから頬擦りをし、俺はここにいるよとアピールしてくれる。いつでも心を読み取ってしまう、章太郎さんは凄い人だと思う。

見上げる私に少し寂しそうな表情で笑いかけた。

「親父は浦島家を継がず、妻の実家に入ることを決めてしまった。祖父《じい》ちゃんは、最後に許しはしたものの、遠い外国に行ってしまう息子夫婦に失望し、大いに落胆していた」

いつも朗《ほが》らかなこの人が、こんなに心細い話し方をするなんて。私からも、ぴたりと胸に寄り添う。

「俺が高校生の頃だった」

まだ十七、八の章太郎さん。子供といっていいのか、それとも大人といっていい年齢なのか。微妙な年頃だったのは間違いない。

「俺もアメリカについて行くはずだった。だけど、考えてもみてくれ。連れ合いである祖母《ばあ》ちゃんはとうに亡くなっている。つまり、身内が誰もいなくなる。あのだだっ広い屋敷に、どうして祖父ちゃん一人を置き去りに出来る？　しかも悪くすれば死んでしまいかねないほどの落ち込みようだ。祖父ちゃんは肉親であると同時に、俺の尊敬する茶道の大先生でもあった。——俺は跡を継ぐことを決めて、アメリカには親父とお袋だけで行ってもらった」

私の髪を梳《す》く大きな手のひら。

今こそ、どうしてこの人を好きになったのか、はっきりと分かる。はっきりと言える。

「章太郎さんは素晴らしい先生です。大らかで、優しくて、大好き」

私の呟《つぶや》きに、章太郎さんは手を止める。

いつしか空は、夜の色に染まろうとしている。一番星が輝き、彼を喝采するみたいに、きらきらと瞬《またた》いている。

「そんな偉いもんじゃない。まだまだ半人前で、跡を継いでも役目を果たしてるとは言い難いよ。仕事の他には手が回らなくてね。まあ、これは祖父《じい》ちゃんの代から変わらないけど、屋敷だって草ぼうぼうで、塀《へい》は穴が開いたまま放置してるだろ。そうそう、近所の子供にも……ふふっ」

楽しそうに笑い始める彼に、首を傾《かし》げた。

「近所の、子供?」

「いや、ふふふ、なんでもない」

何がおかしいのか分からないけれど、いつもの明るい笑顔になった彼にほっとした。

「さ、そろそろ行こうか。泊まりだったらゆっくりできるんだが」

泊まりだったら。本当に、そうだったら良いのに。このまま離れないで、明日まで一緒にいたい。

泣きそうになり、振り向いてぎゅっと抱きついた。

「おい、どうした」

「……ううん、なんでも」

「織江」

もう一度、髪を梳《す》かれる。包み込むように温かで、すっかり安心させてくれる仕草が愛おしい。

「俺が好き？」

「はい」

「君好みの男になった？」

茶道の〝拝見〟をふと思い出す。私はじっと章太郎さんを見つめ、そして万感の想いを込めて、しっかりと伝えた。

「――私好みの貴方でございます」

流れ星が視界を掠《かす》め、途中で消える。強く抱き締められたのだ。

「章太郎さん」

目を閉じて、彼の香りに身を任せる。甘くて、スーッとする、いつもの香り。

「章太郎さんの香りですね」

「ん？」

「私、この匂いが大好きです」

抱きすくめたまま、彼は教えた。

「練香《ねりこう》」

「……え」

「親父とお袋の、お気に入りの練香だよ。俺も好きだから時々焚《た》いてるんだ」

練香とは、白檀《びゃくだん》など数種の香木を粉末にして、梅肉や蜂蜜《はちみつ》で練り固めたお香の一種である。お茶席でも、立冬を迎える頃になると客をもてなすために焚かれている。

「いい香りです」

「そうか」

ご両親と離れ、祖父のために日本に残った章太郎さん。そんなあなただから惹《ひ》かれたの。きっと最初から私好みだった。

大好きな香りに包まれて、早くご両親に会いたいと思った。


ホテルへの道を戻りながら、章太郎さんが後ろから話しかけてきた。

「親戚《しんせき》が会員になってるって言っただろう」

「あ、うん」

石段の坂を私が先に上っているのは、辺りがすっかり暗くなり足元がよく見えないから。踏み外して落っこちるといけないからと、彼が背後で守ってくれているのだ。

「親戚ってのは、実は親のこと。予約する時に頼んで、部屋をとってもらった」

「えっ、そうだったの？」

「たまの我侭《わがまま》だからね、すんなり承知してくれたよ」

豪華なホテルデートは、彼のご両親のおかげだったのだ。章太郎さんとのことが公認になったみたいで、なんだか嬉しい。

「それじゃあ全部、お父さん達が出してくれて……」

ぺちんと、お尻を叩かれた。

「きゃっ」

慌ててワンピースの裾を押さえて章太郎さんを振り向くと、心外そうに眉を寄せている。

「あのなあ、パパからもらった小遣いで恋人をもてなすような、情けないボンボンに見えるか、この俺が」

私ははっとして、必死に首を振った。そんなつもりで言ったのではないが、そういう意味に取れる。完全なる失言だった。

「こんなことを言うのは無粋だが、金は俺が出してる。予約は優遇してもらったけどね」

「ごめんなさい」

「馬鹿だな、織江は」

「うう……」

怒った口ぶりなのに、優しく見守ってくれる。

章太郎さんの顔立ちは、お母さん譲りだろうか。いまやすっかり私好みになった、蕩《とろ》けそうに甘くハンサムな顔にまたしても見惚《みと》れて、ぼーっとしてしまう。

「ほら、遅くなるぞ」

下から私を持ち上げるようにして石段を上らせ、彼は話を続けた。

「とまあ、俺の親はそういった人達だ。ご理解いただけたかな」

「ん、分かりました。でも……」

「何だ」

「ご両親のこと、どうして今まで話してくれなかったんですか」

「ん？」

石段を上りきると、その先はなだらかな坂道だった。私を支える格好《かっこう》で、章太郎さんはつまずいたみたいに止まった。

「まあ、それはだな……」

困った様子の彼に、慌てて口を押さえた。きっと、章太郎さんには章太郎さんの考えがあってのことだろう。急いで質問を取り消す。

「ごめんなさい、いいんです。今聞かせてくれたんだから、それで十分なんです」

「織江」

彼は率直に詫《わ》びた。

「大事なことなのに、後回しにして悪かった……」

「いいの。私、あなたのお嫁さんになれるなら、それだけで幸せなんです。章太郎さんのことが、大好きだから」

こんなにも好き。ううん、章太郎さんを愛してる――

「帰る前に」

声にも、肩に置かれた手のひらにも熱を感じる。滾《たぎ》る想いが伝わってくるようだ。今日一日の、どの瞬間よりも彼は昂《たかぶ》っている。

「もう一度君を抱きたい。今の台詞《せりふ》、抱きながら聞きたいよ」

章太郎さんは部屋に入るや否やベッドに直行し、私を押し倒そうとした。すぐにも受け入れたいけれど、潮風に吹かれた肌を洗い流してからと、勇み立つ身体を落ち着かせた。

「シャワーなんて後でいい。すぐに欲しい」

駄々っ子のような返事に、胸がきゅっとなり気持ちが揺らぐ。だけど、きれいにしてから抱かれたかった。

それに、気になることがあって集中できそうにないから。

「家に電話しておきたいです」

母はごゆっくりと言って、章太郎さんに私のことを任せた。だけどこのまま抱かれたら、かなり遅くなってしまう。両家公認ともいえる彼とのデートだけれど、私はまだ嫁入り前でもあるし、家族に心配させてはいけないと思う。

「そうか」

〝家〟と聞いて興奮が静まったのか、彼は手を緩めた。

「そうだな、まだ君は」

残念そうにしながらも、ベッドサイドの時計で時間を確かめると、納得してくれた。

「ごめんなさい」

「いや、そのほうがいい。腰を据《す》えられる」

額《ひたい》に軽く口付けると、上着を脱ぎながらバスルームへ向かった。


ベッドの端に腰掛け、バッグからスマホを取り出すと、自宅の番号を選んでタップした。まるで待機していたかのように出たのは姉だった。てっきり母親がうきうきと応答すると予測していたのに、意外な相手である。

「もしもし、私、織江ですけど」

『ああ、今連絡しようと思ってたのよ』

どきっとした。この早口は姉の機嫌が悪い時の口調だ。

「連絡って、何かあったの？」

『まだホテルなの？　章太郎さんもそこにいるの？』

姉は私の質問には答えず、逆に訊《き》いてきた。

「うん、あの人は今……」

シャワーを浴びているなんて正直に言うのは生々しい気がして、誤魔化すことにする。

「あの、お土産《みやげ》を買いに売店に行ってるよ」

『……ふーん、それならいいわ。とにかく、そばにいないのね』

変な間があった。勘の良い姉のことだから、ばれているのかもしれない。彼女からすれば、私の誤魔化しなんて子供の嘘《うそ》と同じようなものだ。

「えっと、お母さんは？」

母はどうしたのだろう。姉のくぐもった声に不安になり、スマホを耳に押し当てる。

だが、姉はまたしても質問をスルーして、別のことを言ってきた。

『今日ね、あんた達が出かけてからすぐ浦島夫妻が訪ねて来たのよ』

「え……ええっ？」

浦島夫妻というのは、章太郎さんのご両親のことである。バスルームを振り返り、彼を呼びに行きかけてストップする。姉は、彼がそばにいないのを確かめた上で話しているのだ。

迷ったけれど、とりあえず姉の話を聞こうと思った。

「それで、ど、どういうことに」

どぎまぎとして、うまく舌が回らない。予想もしない展開だ。つまり、両家の親同士が対面したということだ。

『ねえ、織江。章太郎さんって、ご両親に呼ばれてたらしいわよ』

「呼ば……？」

姉は相手を無視して話をする傾向がある。慣れてはいるけれど今日は飛ばし方が極端で、戸惑ってばかりだ。

「呼ばれてたって、あの、アメリカに？」

『そう。あの人の親、向こうで会社の経営してるんでしょ。お母さんの親の後継ぎだとかで』

それはたった今、砂浜で聞いたばかりの話だ。

「そう、だけど」

姉は『大したものよね』と、皮肉っぽく呟《つぶや》いてから続けた。

『浦島家のお祖父《じい》さんが亡くなられてから、章太郎さんはアメリカに移住するようご両親に説得されてたんですって。結婚する相手がいないのなら、独りで日本に居ることはないだろうって』

全くの初耳だった。そんなこと、彼はひと言も言わなかった……よね？

「それって、本当に？」

疑うわけではないが、そんな大事なことを彼が黙っているはずないという気持ちが強かった。フゴーッと、姉の荒い鼻息が聞こえる。どうしてか、すごく不機嫌なようだ。

『その上、お祖父さんの遺言には、自分が死んで二年以内に章太郎が結婚しない場合は浦島の家を継がせない。身一つで米国に移住するようにと記載されてるんですって』

「ええっ？」

二年以内――

章太郎さんのお祖父さんが亡くなられたのは去年の春だから、今はまだ二年以内に入る。でも、来年の春が期限ということは、あまり間が無いってことで。

頭がくらくらしてきた。

『家を継げないってことは、浦島家の資産が章太郎さんのものにはならないってこと。だけど条件を満たせば話は別。つまり、織江とすぐにでも結婚すれば、アメリカに移住する必要もないし、お祖父さんの遺産が手に入るってこと』

姉が嘘《うそ》を吐《つ》くとは思えない。子供の頃から、言いにくいことをはっきりと言う人だけれど、それだけに嘘は嫌いなはずだ。

「でも、章太郎さんはそんなことひと言も……」

『つまりね、章太郎さんはアメリカに行きたくないし、遺産も欲しいの。今、それを実際に相続してるのは彼のご両親だし、法的には無茶な内容だけど、祖父の遺言となればないがしろにはできないでしょう。だから形だけでも従おうと思ったんじゃないかしら。とにかく誰でもいいってことで、たまたま目に付いたあんたと、手っ取り早く結婚することにしたんじゃないかって。引っ掛けるにはちょうどいい、丸め込みやすいタイプだから目をつけたのよ、きっと』

姉の言葉はただ私の耳を素どおりしていく。どういう意味か理解できない。

たまたま？

引っ掛ける？

章太郎さんが私のことを、利用してるってこと？

そんなこと絶対に無い！

——だけど、考えれば考えるほどあらゆることが符合する。

それぞれの要素が感情に波紋をつくるのはなぜなんだろう。

やっぱり分からない——分かりたくない。

姉は黙ったままの私に焦れたのか、声をさらに大きくする。

『あのさ、自分でも変だと思わない？　この際、ずっとおかしいって感じてたことをはっきり言わせてもらうわ。章太郎さんみたいな人が、あんたみたいにぼーっとして、何の取り柄もないような女にひと目惚《めぼ》れするなんて、どう考えたって不自然よ』

小さな波紋が合わさり、大きく広がっていく。心の奥底にある、幼い頃から積み重ねられた自分に対する低評価。優秀な姉と比べられ、劣等感を抱き続けてきたひずみ。章太郎さんと出会って以来、なりをひそめていたはずのそれが今、あらわになった気がした。忘れていた、いじけて歪《ゆが》んだ感情。

姉は氷のように固まってしまった私を余所《よそ》にたたみ掛けてくる。

『実の姉だからここまで言うのよ。あの男に騙されてるかもしれないのよ、織江』

章太郎さんの使うバスルームを意識する。シャワーの音は止んでいる。奥の露天風呂に入ったのだろうか。どんな小さな気配にも動揺し、電話を取り落としてしまいそうだ。

『もしもし、聞いてるの？』

姉の早口は続いている。彼女は章太郎さんに対して怒っているのだろうか。それとも、鈍《にぶ》い私に？

記憶が凄い勢いで勝手に遡《さかのぼ》り、彼との出会いまで戻っていた。

ある日突然、引き合わされた男性。

私にひと目惚れをしたからと、三船さんに取り持ちを頼んだ章太郎さん。

急激な出会い。

速攻のキス。

そして——

せっかちに男女の関係になることを求めてきた。

『不自然だと思わなかった？　彼のアプローチ』

「でも、あの人は」

私のことを真剣に愛してくれている。この身で、何度も実感している。性急だとは思うけれど、不自然ではない、決して。

『彼のご両親は、あんたが息子の好む女性なのか見極《きわ》めてから結婚を許すかどうか決めるって言ってたわ。本当に息子があんたを愛しているかどうか、確かめたいって。——章太郎さんの好む女性って、どんな人かしらね』

織江ではないと、姉は裏返しに宣告している。

——そんな織江だから、俺は惚れたんだけどね。

——今の君じゃ俺は満足しない。

——俺好みになるように使い込む。

——頼りない織江も、俺好みに仕上がった織江も、どっちも可愛《かわい》い。

彼の言葉たちが、私を励ましている。彼は私のことを……

〝白菜を前にぼーっとしているような女を好きになるなんて、そんなこと有り得ない〟

かつての自分の言葉が、自らを傷つける。

混乱して、わけが分からなくなってくる。

『章太郎さんからご両親のこと、聞いてなかったでしょ？　どうして彼が隠してたのか、少し考えたら分かるわよ』

「……」

『結婚を急いでる事情が知れたら、いくら織江でも勘付くから』

隠してた。

あの人は、隠してたの？

――ご両親のこと、どうして今まで話してくれなかったんですか。

――大事なことなのに、後回しにして悪かったと思ってる。

済まなそうにして、真摯《しんし》に詫《わ》びてくれた。

でも、理由は分からないまま。

『織江、見かけの立派さや甘い口説《くど》き文句に惑わされちゃ駄目よ。女にとっての結婚は、人生の幸不幸を決める大切な分かれ道なんだから。男なんて、自分本位な生き物なんだからね。彼のご両親に会って、これからのことをきちんと考えなさい』

「……信じてるもの」

自分でも情けなくなるほど、気弱な反撃だった。美しく聡明な姉への劣等感が、私から自信を奪っていく。

「織江、どうした」

章太郎さんが後ろに来ていた。ベッドから立ち上がった私の、揺れる身体を支えくれる。

「章太郎さ……」

スマホがするりと手を滑り、絨毯《じゅうたん》の上に落下した。

「何かあったのか？」

髪が濡れていても、無造作にバスローブを纏《まと》っていても、ゴージャスでセクシーで、まるでハリウッドスターのよう。

——私とは別世界の人なのかもしれない。

「切れてるよ」

スマホを拾ってくれた彼を、恐る恐る見上げる。

信じてるもの。

心でもう一度繰り返し、笑みを作る。だけど口をついて出たのは、表情とは裏腹の疑問だった。

「どうして黙ってたの？　結婚を急《せ》かされてたこと」

瞬間、章太郎さんの表情が変わった。その反応に、微《かす》かな希望もついえた気がした。

気持ちが冷めるのを恐れ、後ずさって距離を取った。もう何も聞きたくない。

「織江……」

「いいんです、もう」

「何？」

これまでの関わりも想いもすべてひっくり返され、駄目になっていく。こんなことってあるんだろうか。

彼の手が伸びて私をつかまえようとする。私を利用しようとした。その手が――

「さわらないで！」

身をひるがえして章太郎さんから離れ、急いでバスルームに駆け込んだ。姉の抱いた疑問はもっともなこと。気づいてしまった自分が悲しかった。

涙を拭《ふ》くと、化粧台の大きな鏡に映る私と目が合った。

――姉のぶんまで欠点を引き受けて生まれたお人好し。

小さな頃、親戚《しんせき》の誰かに言われたことがある。昔の話なのに今でも憶《おぼ》えている。未だに心の傷として、こんなにもはっきりと残っている。

ドアをノックする音に続けて、彼の声が聞こえた。

「どうしたんだ織江。入るぞ」

言い訳しようとしている――

それしか考えられず、返事をしないで奥へ逃げた。背後でドアを開ける音がするけど絶対振り向かない。姉からも章太郎さんからも、もう何も聞きたくない。

前にもこんなことがあった。クリスマスイブの街で、章太郎さんが外国人女性とホテルから出て来たところを見て誤解した。あの時私は、本当の気持ちを知りたくて章太郎さんにぶつかっていった。信じられなくても信じたい。そう思って勇気を出したのだ。

でも、あの時と今では状況が違う。今の私は、彼を好きになり過ぎている。真実を知ってどうなってしまうのか、怖くて堪《たま》らなくて、勇気なんて持てない。

「織江！」

逃げ道は無く、露天風呂が行き止まりだった。たった一つの出入り口は章太郎さんが塞《ふさ》いでいる。私はどこまで行っても間が抜けている。真っ暗な海と空を見渡した。遠くに浮かぶ島は見えず、定期船も港に帰ってしまった。

湯船を回り込み、とにかく彼から遠ざかろうとした。先ほど章太郎さんが露天風呂を使ったのだろう。裸足に感じるタイルは濡れて冷たい。足が滑りそうで、とても怖い。

「織江、危ないからこっちに来なさい」

章太郎さんは先生の態度になって命じると手招きした。いつもの私なら素直に言うことを聞いただろう。でも、今は嫌だった。本当のことを知らされるくらいならここにいる。

「来るんだ」

「いやです」

波の音にかき消されそうな声だけど、章太郎さんには聞こえたらしく明らかに動揺している。言うことを聞くべき相手が逆らったのだから当然かもしれない。

「分かった。話がしたくないならそれでもいい。とにかく部屋に戻ってくれ」

懇願《こんがん》する口調に心が動くが、足は固まったまま。湯気の向こうにいる男性を見つめるだけで、どうすればいいのか分からなくなる。

章太郎さんはしばらく躊躇《ためら》っていたが、意を決したように大きく踏み出すと、タイルの上をゆっくりと歩いてきた。

初めて会った夜を思い出す。近付いてくる姿を仁王様のように感じて、動けなくて。あの時も逃げ道を与えられず追い詰められた。

「こ、来ないでください」

「……」

返事もしない。きっとものすごく怒っている。力ずくで言うことを聞かせようとするに違いない。心情は初対面の夜に戻っている。

でも今の私は彼よりも、彼に聞かされる真実のほうがずっと怖い。

「いやです！」

後ろを向いて、ガラスフェンスへ駆け出した。何も考えず、章太郎さんから逃げようとして。

滑ったのは一瞬だった。足がタイルを離れ身体が前方に投げ出される。

ガラスに飛び込もうとする刹那、これまでのすべてが瞼《まぶた》の裏を駆け抜けていった。

大らかに見守ってくれる彼のもとで、私はいつだって幸せだった。

強引で大胆で、どきどきするけど楽しかった。

優しい章太郎さんが好き。

恋を教えてくれた初めての人。

大切な、かけがえのない記憶《おもいで》。

〝走馬灯のように〟と喩《たと》えられる現象だった——

「織江！」

叫び声が聞こえると同時に強い力に引っぱられた。後ろへと身体が半回転して、放り投げられる。

「うわっ」と叫ぶ声が聞こえたのは湯に沈む直前。

何が起きたのか分からなかった。


「ぷ、ぷはっ……」

湯船から立ち上がり、顔も拭《ぬぐ》わず急いで周囲を見回した。あふれた湯が流れるタイルの上には、誰の姿もない。

章太郎さんがいない——

「う……そ」

さっき聞こえた叫び声は何だったの。

私が飛び込むはずだったガラスフェンスを見やる。真っ暗な空と海。どこまでも続く夜の闇。私は、章太郎さんが言った言葉を絶望とともに思い出していた。

『フェンスの向こうは垂直の壁だ。落ちたら一巻の終わりだぞ』

「嘘《うそ》です、そんな」

誰よりも大切な人を、こんなふうに失ってしまうなんて。私のせいで……

「しょうたろうさあーん‼」

「どうした、織江」

「……」

ガラスの向こうから覗《のぞ》く、いたずらっぽい薄茶色《うすちゃ》の瞳。

彼は身軽な動作でフェンスを乗り越えてくると、湯船に近付いて手を差し出した。

生きてる。本物の章太郎さんだ。

「な、なんでですかぁ」

涙と湯でぐちゃぐちゃの顔で、今さっき消えてしまったはずの彼を見上げる。呆然《ぼうぜん》とする私の手をつかみ、軽々と湯船から引き上げた。ますます何がなんだか分からない。

すべてが吹き飛んで、頭の中はまっ白だった。

「勢いあまってバルコニーに落っこちただけだよ」

「え……」

「フェンスの向こう側は一段下がってルーフバルコニーになってる。昼間は、君が危なっかしいから嘘を吐《つ》いた」

海からの風が強くて、もう一度倒れてしまいそう。何てことだろう。

「ごめん」

「……酷《ひど》すぎます」

済まなそうに、でも少し嬉しそうに笑う彼に腹が立ってきた。こんなに心配させて何がおかしいの。

「俺が嘘を吐くとしたら君を守るため。でも、やっぱり嘘は良くないな」

「うっうう……」

大きな身体にしがみ付き、もう許さないと胸を叩いて泣いた。いつまでも涙が止まず、しゃくりあげた。

「心配させて悪かった。ごめん」

でも、慰《なぐさ》めてくれるのはいつだってこの人。かけがえのない温もりに抱かれ、いつしか素直な私に戻っていた。

姉は章太郎さんに聞かれたくない様子だったが、構わない。いずれにしろ、この人には見透かされてしまうのだ。聞いたままを話すしかない。

「親父とお袋が、君の家に……」

額《ひたい》を押さえ、章太郎さんは深いため息をついた。

「きちんと話をするまで待ってくれと言ったのに」

もう一度愛し合うはずだったベッドに、バスローブを纏《まと》った格好《かっこう》で座らされた。腕を回して肩を抱いてくれるけれど、いつもの彼の匂いは消え、ボディソープの香料が取って代わっている。

「そうやって解釈されるのを恐れて、黙ってたんだ」

章太郎さんは誠実な態度で私と向き合っている。膝の上に揃《そろ》えた私の指に手のひらを重ねて、端整な顔立ちを引き締めている。

香りが消えても、この人は浦島章太郎だ。見上げる私に、彼は訴えるようにして訊《き》いた。

「織江、俺は自立心のかけらも無い坊やか？」

「え……」

「アメリカに行きたくないだの財産が欲しいだの、そんなちっぽけなことに拘《こだわ》って結婚を急ぎ、誰でもいいから引っ掛けるような、スケールの小さな男だと思うのか？」

強く頭を振った。絶対そんなこと思わない。そんな人じゃないのは、一年にも満たない付き合いでもよく分かる。

やっぱり、信じてるもの。

「だったら、どうしてそんな顔してる」

間近で見つめられ、彼の瞳に元気のない私が映るのが悲しくて、泣きたくなる。

「だって」

章太郎さんは誠実な人だ。冷静になってみれば、それは容易に判断できること。

たとえばカフェ・フォレストの峰店長、茶華道《さかどう》教室の生徒さん達、皆から結婚のことを心配されている。いい加減な人であれば、誰にも構われることはないはず。

そしてまた、彼を紹介してくれた三船さん。彼女は母の友人として、また取り持ち役としても信頼できる人物で、その人が太鼓判を押してすすめる男性が章太郎さんなのだ。

「俺が信じられない？」

「違う、あなたのことは信じてる。でも……」

こんなことは情けなさ過ぎて言えない。この人だって呆《あき》れるか、怒り出すかもしれない。

「でも、なんだ」

「私」

根本的な問題に立ちかえっていた。生まれてからこれまでの、自分自身の問題について。

「うん」

姉の早口が再生される。ぐさりと胸を突き刺す、私についての真実。

だけど、言わなければ伝わらない。

「お姉ちゃんの言うとおりだと、思ってる。章太郎さんみたいな人が、私みたいにぼーっとして、何の取り柄もないような女にひと目惚《めぼ》れするなんて、不自然だって」

彼は反応せず、瞬《まばた》きもしない。何も聞こえなかったかのように、そのままの姿勢でいる。

「あの……章太郎さん？」

「君はまったく、どうしようもない」

やはり呆れている。呆れすぎて、反応できなかったのだ。

「矛盾したことを平気で言う。俺を信じてるのに、信じられないでいる」

私は首を振った。

「違う」

「何が違う」

「私は、自信がないんです。あなたと出会ってから、お茶とお花の稽古を積んで、いろんなことに夢中で、前しか見てなかったから、ずっと忘れていたの。私は、コンプレックスをたくさん抱えているってことを」

「コンプレックスって、君が？」

意外そうに訊《き》くが、私にはその問いが意外だった。

章太郎さんは肩に置いた手を下げて、腰に回した。ぐいと自分のほうへ引き寄せて、頼りなく揺れる身体を、頑丈《がんじょう》な体躯《たいく》にもたれさせる。

「いいよ、聞いてやる。どんな劣等感を持ってる？」

もたれたことで、甘えも出てきたのだろう。子供のような気持ちになり、何でも言えそうな気がした。

「まず……成績が良くない」

「うん」

「運動も、あんまり得意じゃなくて」

「なるほど」

「顔も」

「かわいいよ、俺が保証する」

真面目《まじめ》な声だから、ここは素直に聞いておく。

「スタイルだって」

「ほどよい肉付き、滑《なめ》らかなライン、セクシーで堪《たま》らない。俺は参ってる」

「も、もう」

口調は真剣だけれど、さすがに照れてしまう。

「もうお終いか？　たいしたもんじゃないだろ、それくらい」

章太郎さんは私のうつむき加減の顔を覗《のぞ》くと、苦笑した。

「それに」

「まだあるのか」

「私、子供の頃から時々ぼーっとしてしまうし、テンポがその、ゆっくりというか」

「織江……」

突然、笑い声が上がった。一番気にしている欠点を告白した途端に笑われて、少し、いやかなり傷付いた。

「笑うなんて」

「はっはは……すまん、悪かった。でもな、それは表裏一体なんだぞ」

目尻を拭《ふ》きながらも、もう一度真剣な顔になって章太郎さんは言った。

「何度も伝えてるはずだけどね。君のそんなところが、俺は一番好きなんだ」

「章太郎さん」

本気の眼差《まなざ》しに囚《とら》われ、熱が出そうに感動して、嬉しくて――だけど長い年月の間、積もり積もった劣等感は強情だった。

「だけど、お母さんやお姉ちゃんは、直しなさいって」

まるで子供になっている。結局は人のせいにしている。分かってはいるけれど、どうにもならない。

「お姉ちゃん、か」

章太郎さんは、まっ暗な窓を見やった。海も空も、ひとつの闇に溶けている。

「何故か知らないが、君のお姉さんは君と俺の交際をよく思っていないらしい。今朝顔を合わせた時も、挨拶以外の口をきかず、おっかない目で睨《にら》むようにしていたな」

そういえば、今朝方の姉の様子は確かに変だった。章太郎さんも、同じように感じていたのだ。

「悪いように取るのは俺の主義じゃないからあまり考えないようにしていたんだけどね。でも、気になるな」

電話で話したお姉ちゃんも、そうだった。章太郎さんに対して怒ったような口ぶりで、最初から苛々《いらいら》として早口だった。

章太郎さんは視線を私に移し、守るようにして丸ごと抱き締めると優しく命じた。

「もう一度シャワーを浴びておいで。着替えたら家に帰ろう。君のご両親と話さなければいけない。そして、お姉さんとも」

キスになだめられ、すっかり安堵《あんど》する。誰よりも信じ愛している彼に、「はい」と頷《うなず》いた。

夜の海辺を走り、高速に乗り、来た道をなぞって家路を辿《たど》る。章太郎さんの愛車はゆったりとして乗り心地が良く、頼もしい彼の腕の中にいるみたい。上着を脱いでワイシャツ一枚の姿になり、悠々とハンドルを操作する彼を、眺めている。対向車のヘッドライトに照らし出される姿に見惚《みと》れ、つい呟《つぶや》いてしまった。

「章太郎さんって、素敵ですね」

「なんだ、いきなり」

「美形で、体格も立派で頼もしくて、それだけじゃなくて、茶華道《さかどう》の先生で、生徒さんの人気者で」

教室の生徒さんに信頼されていると、いつだったか三船さんが教えてくれた。外見や茶道家としての技量だけではなく、人柄も良い証拠である。

お姉ちゃんの言う〝見かけの立派さ〟だけではない。

「俺はそんなご立派な男じゃないぜ。周囲が思うほど金持ちでもないし、自慢するような名誉もない。もちろん聖人君子でもなく、紳士でさえない。よく知ってるだろ」

いたずらっぽく笑う。その笑みも、章太郎さんの魅力だと思う。

「家屋敷や土地もご先祖から預かっただけで、維持管理するのも大変だし、景気の動向によってはこの先どうなるか知れない。親父が継いだシアトルの会社も、俺は無関係だし、後継者でもなんでもないのに勘違いして金を無心に来る輩《やから》もいる。まあ、大半はあの荒れ果てた庭とボロ屋敷を見たとたん、黙って引き揚げるがね」

「ふふっ」

章太郎さんの冗談口調に釣られて、噴き出した。

「おかしいだろ」

「いいえ、でも、はい」

二人でひとしきり笑った後、ある推測をしてみた。

時代劇に出てくるようなごつくて古い木造の建物に、草ぼうぼうの庭。壁が剥《は》がれてところどころ穴の開いている塀《へい》。もしかしたらお祖父《じい》さんの代からこの屋敷の主人はお金持ちではないと演出していたのかもしれないと。

「実は私、子供の頃に浦島家を覗《のぞ》いてみたことがあるんです」

国道を北へ戻りながら、段々と近付いて来る街の灯りに彼は眩《まぶ》しそうに目を細める。

「ほう、いつ？」

「えっと、小学生の頃……だから、章太郎さんは高校か、大学生くらいかな」

「ふむ。それで、覗いたら何があった？」

意外に興味を示している。私は張り切って教えた。

「塀の穴にこう、顔を突っ込んで中を覗いたんです。そうしたら、古い木造の建物に、草ぼうぼうの庭がありました。誰も住んでいないみたいなのに……ごめんなさい、お化け屋敷みたいだなって思いました」

「うん、それで？」

「えっと……」

あれ、と、思った。誰も住んでいないみたいなのに、誰かが居たのだ。だから、『人が住んでたのかー』と、驚いた記憶がある。

そうだ、確かにそうだった。

「忘れたのか？」

ゆっくりと、彼を見上げる。

前を向いたままの、街灯りに照らされる横顔の輪郭《りんかく》に、あらためて遠い記憶を手繰《たぐ》り寄せた。

もしかして、あれは――

壁が剥《は》がれた古い塀《へい》。

ぽっかりと開いた穴を覗《のぞ》いた。

時代劇に出てくるような古いお屋敷――

庭は広いけど、草ぼうぼうだなあ。

あそこに立っているのは誰だろう。

半袖の白い服。制服？

やっぱり、人が住んでたのかー。

あっ、こっち見た。

私は慌てて顔を引っ込めようとしたが、引っ掛かってうまく抜けずに焦《あせ》りまくったのだ。やっと頭が抜けて一目散に駆け出す背中に聞こえた笑い声を覚えている。

穴から顔を出している変な子供がおかしくて、その人が笑ったのだ。

——忘れていた、遠い遠い記憶。

章太郎さんが微笑《ほほえ》んでいる。

懐かしいような嬉しいような、思い出を愛おしむ表情《かお》だった。

「俺はあの頃、親父達がアメリカに行ってしまって、心許《こころもと》なかった。自分で日本に残ると言ったくせに、正直寂しくて堪《たま》らなかった。祖父《じい》ちゃんは体調を崩して入院してたから、学校から帰っても誰も居なくて一人きり。そんなしんみりした心境でいたのに、君があんなことを……あんなに笑ったのは久しぶりだった。一人でいてあんなに笑えると思わず、自信が湧いてきたんだ」

「章太郎さん、まさか……本当の本当に？」

交差点で停まると、章太郎さんは私をじっと見つめた。

「君を憶《おぼ》えていた。忘れられない、ぼーっとしたかわいい女の子。まさか十年以上経ってから見つけるなんて思わなかったな」

「農業祭で、金賞の白菜に見惚《みと》れてぼーっとしてる若い女性を見つけて、また俺は笑った。なんとも言えないほんわかした空気に癒《い》やされて。祖父ちゃんが亡くなって以来、久しぶりに心から笑ったんだ」

嘘《うそ》みたいな話。そんなことが、あるのだろうか。

でも、嘘じゃない。信号が変わり、章太郎さんがアクセルを踏んで走り出す。今、紛《まぎ》れも無い現実の世界にいる。

「よく見るとあの子だ。そうだ、あの子じゃないか。あんなに大きくなって一人前の女性になってる。俺は興奮して声をかけようとしたが、また驚かせて逃げられちゃどうしようもないからと思いとどまった。そうしてしばらく観察していたら、君のお母さんらしき人が、目に入った。しかも我が教室の三船さんと親しそうにしている。俺はその夜、早速三船さんに電話して、白菜の彼女に俺のところに茶華を習いに来るよう取り計らってくれないかと頼んだ。もし彼女が独身だったら、見合いとして会いたいとその時に伝えたんだ」

ハンドルを握る章太郎さんの頬は、段々昂《たかぶ》ってきたのか、赤らんで見える。

――白菜を前にぼーっとしているような女を好きになるなんて、そんなこと有り得ない。

私自身の言葉に返事していた。有り得たのだ。こんなことが実際に！

でも、今になって聞かされるなんて。こんな大事な出会いを、どうして最初に話してくれなかったのか。私と章太郎さんは、昨日今日出会ったばかりの二人ではなく、遠い昔にご縁があったってこと。それを知っていたら、変に誤解しなくても済んだのに。

「どうして、どうして今まで言ってくれなかったんですか！」

「……」

「章太郎さんっ」

「……ロリコンだと、思われたくなかった」

気まずそうに、恥ずかしそうに、ますます赤くなって告白した。


野々宮家に到着したのは午後九時を回った頃。

「木曜日に比べれば遅くはないが、早い時間でもない。長話は出来ないな」

章太郎さんが急いで車を降りようとした時、反対側からヘッドライトが現れて辺りを照らし、目の前で停まった。

「あ、和樹《かずき》さんだ」

メルセデスベンツCクラスと姉が教えてくれた車からせかせかと降りてきたのは、姉の夫である和樹義兄《にい》さんだった。妻の実家にはいつもぱりっとしたスーツ姿でキメてくる彼が、ワイシャツ一枚の格好《かっこう》で、しかもスラックスから裾をはみ出させている。右側駐車というのも適当で、和樹さんらしくない。どうも様子が変だなあと思いながら見ていると、彼は私達に気付かないまま門扉《もんぴ》に駆け込んで行った。

「今のは？」

「お姉ちゃんの旦那さんです。どうしたのかな、あんなに慌てて」

ホテルで買ったお土産《みやげ》を提《さ》げて私達も玄関に入ろうとしたが、ヒステリックな金切り声に足が止まった。

「お、お姉ちゃん？」

章太郎さんと目を合わせてから、そーっと中を覗《のぞ》いてみる。

「もうあなたとは暮らせないってことよ！　家柄もキャリアも申し分ないあの女と再婚でもなんでもすればいいじゃない。もう放っておいてよ！」

あなたとは暮らせない……再婚？

不穏な事態を表す言葉とともに、只事でない光景が繰り広げられていた。クールな姉が、髪を振り乱して和樹さんを殴っている。ぽこぽこと、拳骨《げんこつ》で連打の雨アラレである。

「ちょっと陽子、やめなさいって！」

母が大声で怒鳴るが姉はきかない。姉が母の言うことを無視するなんて有り得ないことだ。さらに驚いていると、父が果敢《かかん》にも割って入ってきた。

「やめんか、こらっ」

だが一緒に殴られているだけで何の役にも立たない。殴打の対象が増え、姉はますますエキサイトしている。

「帰って、帰ってよ！」

修羅場《しゅらば》と化している玄関を前に立ちすくむ私の横から、章太郎さんが進み出た。

「落ち着いてください」

姉の手首をつかみ、和樹さんから引き離した。大人が子供を抑え込んだみたいに、姉は身動きがとれなくなる。しばらくもがいていたが、やがて諦めると自分を捕まえる頑丈《がんじょう》な男を睨《にら》みつけ、そしてぷいと顔を背けた。章太郎さんは姉の手首をそっと離し、後ろに下がった。

「陽子、これはなんだ」

顔を背けたままの姉に、拳骨が当たったのか鼻血を滴《したた》らせながら和樹さんが詰め寄った。彼が手にしているぺらりとした紙を姉の脇から両親が覗《のぞ》き、甲高い悲鳴を上げる。

「離婚届？　よ、陽子、これは一体……」

皆に注目されて、姉は唇を噛《か》みしめて怖い顔をしていたが、やがてぽろぽろと涙を零《こぼ》し始める。

「お姉ちゃん」

私は思わず前に出て、震える身体に寄り添った。姉が泣く姿など、何年ぶりに見ただろう。

だが姉は気丈に顎《あご》を上げると、和樹さんでも両親でもなく、私に感情をぶつけてきた。

「どんなに立派に見えてもね、男なんてみんなこうよ！　男に甲斐性《かいしょう》があるからって、家に入ってしまったら女はお終い。しかも、格下の嫁なんてつまらない同居人で、女じゃ女じゃなくなるの。だから浮気なんてされる」

「浮気⁉」

章太郎さんを除いた面々が、一斉に叫んだ。なぜか、その当人であるはずの和樹さんが一番驚いている。

「浮気ってなんだ、僕は覚えがないっ」

必死に頭を振っている。この狼狽《ろうばい》振りは演技とは思えない。だけど、姉は容赦せず問い詰める。

「妻の私とセックスできないからって、秘書の彼女としてるんでしょっ。私と違って、いいところのお嬢様で、バリバリ仕事もこなす彼女のほうがパートナーとしてふさわしいって、わざわざ電話をかけてきて教えてくれる人がいるのよ、あなたの会社にはね」

セックスなどという、家庭内では決して発されることのない単語が投げ込まれ、両親も私もオロオロしている。

「お姉さん。あなたが話すべき相手は彼です」

混乱する場を鎮《しず》めるような声に、家族全員が振り向く。みんなの視線を一身に受けても章太郎さんは動じず、ただ一人落ち着き払っている。

彼は私を引き寄せると、代わりに和樹さんの背中を押して、姉の前に立たせた。和樹さんは鼻血が付いたワイシャツの襟元を直しながら、真剣な表情で姉に向き合う。

「陽子、僕は浮気なんてしてない。取り引きが大詰めで、連休も何も無く、普段も残業ばかりで君に寂しい思いをさせているのは謝る。だけど、絶対に浮気なんてしていない。それに格下だなんて、どこからそんな発想が出て来るんだ。君のことは尊敬こそすれ、下に見たことなど一度だってない！」

姉は黙って和樹さんを見つめている。

まず向き合うべき相手は、電話をかけてくる匿名《とくめい》の誰かではなく、この優秀で立派な、そしてとてつもなく格好《かっこう》悪くて不器用な彼女の夫なのだ。

「信じられないわ」

「きちんと話し合おう。身の潔白を証明するよ、君の気が済むまで」

「……」

姉は再び表情を崩し、ゆっくりとお腹を撫《な》で擦《さす》り、そのリズムに合わせるように涙を零《こぼ》す。

お腹を――

「えっ？」

誰もが、驚きの声を上げる。

いや、やはり章太郎さんだけは、落ち着いている。彼を除いた私達家族全員が、たった今ようやく気が付いたのだ。

「奥さんを大事にしてください。ね、お父さん」

章太郎さんにぽんと背中を叩かれ、和樹さんは戸惑い、喜び、感激の笑みを広げていった。

「陽子、お前、どうして黙ってたんだ。どうして！」

目元を拭《ぬぐ》いながら後退《あとずさ》りする姉を逃がさず、和樹さんは抱きしめた。

父も母もうろたえている。私もよろけたけれど、章太郎さんが支えてくれる。彼だけが、冷静にこの騒ぎを見守り、判断していたのだ。

エリート商社マンの義兄さんと、才色兼備《さいしょくけんび》の姉。人も羨《うらや》む結婚生活を営む二人に、風が吹いたのだ。それなのに、私も両親も姉に対して全然無頓着《むとんちゃく》だった。

なぜ最近、実家に入り浸《びた》っているのか。お腹の辺りを気にしているのか。機嫌が悪いのか。

そして、何故私と結婚しようとする章太郎さんに対して否定的なのか。

鈍感な一家。

鈍感な私。

「章太郎さん」

「うん?」

「やっぱり、ぼーっとしてるのは、まずいです」

深く反省する私だが、抱き合う姉夫婦に目を細めつつ、章太郎さんは言った。

「お姉さんは俺に似ている。相手に弱い部分を見せたくなくて、言うべきことも黙ってるんだな。これも表裏一体だよ、織江」

「え……」

「美点と欠点はね、表裏一体。だから困る、だから愛おしい」

そうだろ? と、目で訊《き》かれ、素直に頷《うなず》いた。

そんなふうに、優しく大らかに捉《とら》える心が、大好きだと思った。


夫とともにマンションへ戻る直前、姉が私に打ち明けた。

言い難そうに、それでもちゃんと私の目を見て、それは姉らしい率直な態度だった。

「子供の頃から私の後ろをついて来るばかりだった、取り柄もなく要領も悪いはずの織江が、あんなに素敵な男性に見初《みそ》められて結婚しようとしている。お母さんの言うとおり、良い子になるよう努力して必死に頑張って最高の結婚をしたはずの私が、どうしてこんな目にあうの？　悔しくて堪《たま》らなくなって、あなたに八つ当たりしたの。本当にごめんなさい」

姉の私への評価が低かったことをはっきり言われて苦笑した。でも、それはもうどうでも良かった。そんな私を好きだと言ってくれる人がそばにいるから。

それに姉だって、私を嫌いというわけではない。彼女は心から詫《わ》びている。姉なりに、私を心配してくれたことも分かっている。

二人きりの姉妹だもの。

姉夫婦が帰り、章太郎さんは父母に促《うなが》され客間に上がった。そこで彼は私の両親にあらたまって挨拶をした。

それは、正式な申し込みでもあった。

「織江さんを愛しています。結婚を前提としたお付き合いをさせてください」

きっぱりと言い切り、頭を下げる。真剣で誠実な態度に両親も畏《かしこ》まった。

「ふつつかな娘ですが、どうぞよろしくお願い致します」

章太郎さんにも、両親にも愛されていると実感した。私は大切にされているのだと胸が震え、じんわりと瞼《まぶた》が濡れる。

「織江」

三人ともが私を呼び、同じ表情で見守ってくれている。それは紛《まぎ》れもなく、家族の微《ほほ》笑《え》みだった。

「いやあ、それにしても、とんだことに巻き込んでしまって申し訳ない。さあ、召し上がってください、浦島さん」

挨拶がすむと、両親は章太郎さんをもてなした。姉夫婦の件では騒ぎを収められずうろたえるばかりだった父が、体裁が悪そうに、茶菓子をすすめた。相手が誰であろうと変に突っ張らないのが父のいいところである。鷹揚《おうよう》な人柄が好きだと、織江はお父さん似だな、と章太郎さんは言ってくれる。

「ところで先生、お父様とお母様が、午前中においでになって……」

母が切り出すと、章太郎さんは恐縮した。

「はい、お姉さんから伺《うかが》いました。突然訪ねて来たそうで、申しわけありません」

章太郎さんは丁寧に詫びると、大切なことを話した。二人の結婚には章太郎さんのご両親の承諾が必要で、それが最後の詰めだと彼は頬を引き締めている。

「仮に反対されても、この結婚を……織江さんを諦めることはしません。皆に祝福されると信じて進んで行きます」

力強い言葉が嬉しくて、ときめいてしまった。父と母も感激の眼差《まなざ》しで彼を見上げている。

「それで、私のほうはまだ連絡を取っていないのですが、織江さんにまず会ってから返事をすると言っていたとか」

『息子の好む女性なのか見極《きわ》めてから結婚を許すかどうか決める』

姉からの電話では、そうきいている。

「ええ、そう仰っていました。それにしてもまあ、本当に品の良いお父様とお母様で、お優しそうで、見惚《みと》れてしまいましたのよ」

若干ずれた返事をする母だが、その嬉しそうな様子から、和やかな対面だったと推測される。章太郎さんもほっと息を吐き、安心している。

「二人とも明日の夕方に発つ予定なので、午前中に織江さんに引き合わせるようにします。連日ですみませんが、よろしくお願いします」

「ええ、ええ、私どもは大丈夫ですよ。そうですよねえ、会社の経営者ともなれば、そうそう留守に出来ませんものね。お忙しいでしょうから、こちらが合わせますとも」

母は〝先生〟とか〝経営者〟の立場にある人に、全面的に敬意を払っている。良くも悪くも単純だけど、とにかく前向きに章太郎さんのご両親に接してくれるのはありがたい。

また、母は章太郎さんのお母さんがアメリカ人であることやある程度の事情も見合い前から聞かされていたようだが、三船さんに、『そのあたりは当人同士で話すべきだから』

と、口止めされていたらしい。

私が誤解しないよう直接話したいからと、章太郎さんが三船さんに頼んだのだ。

「それでは帰ってから両親と打ち合わせをして、あらためて連絡をさせていただきます」

約束をして章太郎さんは野々宮家を後にし、私達親子三人は門の外まで見送った。

「明日が楽しみねえ」

母はご機嫌で、いよいよ次女の結婚が決まるのだと期待している。

「まあ、急がんでもいいと思ったが、あの青年なら俺も安心だなあ」

父は章太郎さんの態度や振る舞いにいたく感心して、うんうんと頷《うなず》いている。本当にあとは章太郎さんのご両親に気に入ってもらえれば、晴れて結婚できるのだ。緊張の足取りで部屋に戻り、寝る準備をしながら彼からの連絡を待つ。

だが、なかなか電話は鳴らない。どうしたのかなと不安になり、こちらからかけようとした時、手元のスマホが鳴動した。ついに来た連絡に、どきどきしながら応答する。

「はい、織江です」

『織江』

深刻な声音にプレッシャーを感じて苦しくなる胸を押さえた。

「ど、どうかしたのですか?」

震え声で訊《き》くと、章太郎さんの大きなため息がきこえた。

「もしもし？」

スマホを耳に押し当て、ほんの小さな音も聞き逃すまいと集中する。何かあったのだろうか。

『今日、ホテルで会わなかったか』

「えっ」

何を言われても驚かないよう身構えた私に、それは唐突な質問だった。

ホテルで？

誰に？

返答出来ずにいると、彼は端的に付け加えた。

『俺の両親に』

「……ご両親に、私が、ですか？」

『そうだ』

突拍子もなくて、一瞬冗談かと思ってしまったけれど、聞こえるのは至極真面目《まじめ》な声である。考えてみれば、こんな時に冗談なんて言うはずもない。私は真剣になって、記憶の時間を巻き戻した。

「待ってくださいね、ええと」

だが、それは簡単な作業だった。章太郎さん以外で、今日ホテルで会った人は限られている。と言うより、ホテルの従業員を除けばあの二人しか居ない。

「あ……まさ、か」

突然、何もかもが繋《つな》がった。

品の良い笑みを湛《たた》えた夫婦。男性は黒髪に黒い瞳の日本人。女性は欧米人だった。ブルネットの髪に、薄茶《うすちゃ》色の瞳の……

「章太郎さん、どうしよう」

今頃になって全身がくがくと震えてくる。

『織江、落ち着いて聞いてくれ。君が今日ホテルで出会った夫婦が、間違いなく俺の両親だ』

章太郎さんの瞳の色は、お母さん譲り。なぜ、ぴんと来なかったのか。お父さんとお母さんが国際結婚をした話を聞いたばかりなのに。

「びっくり、です……」

『俺もだよ』

身体の震えを抑えようとするけど、全然止まらない。

『家に帰ったら親父もお袋もいなくて、置手紙があった』

「手紙……」

章太郎さんは、お父さんの筆跡だというその手紙を、ゆっくりと読み上げた。

『――私達は仕事の都合で、予定よりも一日早く帰国することになった。今から織江さんに会いに行く。お前が帰宅する頃には答えが出ているはずだ。後で連絡をする――と、これは今朝、俺が出掛けた後に書いたんだな。冷蔵庫にベタッと貼り付けてあって、危うく見逃すところだった』

「そうなんですか」

今朝、私と章太郎さんが出掛ける前に。

ぼーっとしている場合ではない。その後、お父さんとお母さんが追いかけて来たのだ。私に会うために。

後で連絡をする――

つまり、今章太郎さんが私に直接電話をかけてきたということは、その連絡があったのだ。章太郎さんの電話が遅くなったのは、その連絡を受けていたからだ。

私は懸命《けんめい》に二人と交わした会話を思い出そうとした。何か失礼なことを言わなかったか、無礼は無かったか。ああ、なぜこちらから名乗らなかったのだろう、名前を聞かなかったのだろう。激しい後悔の渦が巻き起こるが、名前といえばひとつだけ記憶に残っている。

「ええっと、確か」

その時のやり取りや話題も、鮮《あざ》やかによみがえってきた。

――我々も是非そのような先生に習ってみたいものだ。なあ、エマ。

お父さんが名前を口にして、それからお母さんが急に立ち上がって、すぐにホテルを出て行ってしまった。

「お母さんのお名前は、エマですね」

『そのとおりだ。で、そのエマと何を話した』

章太郎さんは緊迫の口調で問いただす。それはとても大事なことなのだ。

「お茶の先生、つまり章太郎さんについて訊《き》かれました」

『俺について？』

「はい。私、良い先生だって答えました！」

章太郎さんは黙ってしまった。どんな顔でいるのか、テレビ電話だったら見られたのだろうけど、見ないほうが良いような気もしてくる。

『織江、いいか。今さっき、そのとんでもなくとぼけた夫婦から連絡が来た。空港から、手書きのファックスで』

「は、はい」

『俺達の結婚についての回答だよ』

「はい」

正座して、背筋を伸ばした。お点前《てまえ》の稽古よりも緊張し、しゃきっとなっている。

『書かれているままを伝えるからな』

「はい、お願いしますっ」

ガサゴソと紙を広げる音がして、少し間をおいてから、彼はご両親からの言葉を読み上げた。

『章太郎へ――物事の順序が前後してしまったが、私達は二人の結婚に対して結論を出した』

どきどきして、どうにかなりそうだ。でも、しっかりと聞かなくては。

『織江さんは可愛《かわい》らしく、優しく、素直な、どこから眺めても美しいお前好みの女性だ。そして浦島章太郎という男を心から愛し、尊敬している。お前が一生をかけて彼女を愛し、守り、ともに未来を歩むのなら、私達はもうすっかり安心して海の向こうで生涯を送ることが出来る』

「……」

『おめでとう。いつまでも仲良く、幸せに暮らすことを願っている――』

「……」

『以上、だ』

嬉しいのに、涙が出る。こんなにも感動している。

『織江』

「はいっ」

『ありがとう』

声にならず、何度も一人で頷《うなず》いた。

『泣いてるのか』

ティッシュが見当たらず、バッグを引き寄せるとハンカチを探した。

『泣き虫だな、織江は』

優しい声に甘えたくなる。今すぐにでも、大好きな彼に会いに行きたい。

『君のご両親にも、しっかりお伝えしなければ。明日、あらためて挨拶に伺《うかが》うつもりだよ』

「うん、うん……あ」

ツルツルとした感触にはっとして、泣き顔を上げた。

『どうした?』

――棟色《おうち》のハンカチ。バッグに入れっぱなしになっていた。フロントに預けるのを忘れて、持ち帰ってしまったのだ。

紫に白が寄り添う優しい色合い。章太郎さんの好きな色。

『織江?』

ハンカチに鼻先を押し当て、すうーっと息を吸い込んだ。章太郎さんの胸に抱かれているよう。これは、ご両親の好きな練り香。彼と同じ香りが焚《た》き染められていた。

◇◇◇

富有柿《ふゆうがき》を手土産《てみやげ》に、章太郎さんのもとへ、今月最初の稽古に訪れた。

出会ってから一年が経ち、今はもう秋。

呼び鈴を鳴らす前に、数十年ぶりに造園されたという庭を見回す。すっかりきれいに生まれ変わり、奥の茶室前にも新しく設計された茶庭が造られている。塀《へい》も修繕して、壁面も白く塗り直してあり、かつてのお化け屋敷の雰囲気は見当たらない。ところどころにある小さな窓は、この屋敷の主が拘《こだわ》ったところ。学校帰りの子供たちが時々覗《のぞ》いていくと、章太郎さんは笑っている。

どきどきしながら呼び鈴を押すと、いつものようにすぐ引き戸が開いた。

「やあ、織江。待っていたよ」

「章太郎さん！」

大きな身体に寄り添った。この頃はもう恋しくて、恋しくて、一週間が待ちきれないほど。

だから、一度くっついたら離れられない。離れたくない。

「おいおい、日曜日にもデートしただろう」

「早く一緒に暮らしたい」

「ったく、困った子だね」

そう言いながら抱きしめて、愛情をいっぱい与えてくれる。

「もうすぐだよ、我慢しなさい」

「ん……」

この秋、私達は結婚する。

神社で執り行われる式には、章太郎さんのご両親はじめ、シアトルから親族の皆さんが来日し参列してくれるという。和の文化に触れるのを楽しみにしているようだと、章太郎さんが楽しそうに伝えてくれた。

野々宮家では、母が国際結婚だと興奮し、仲人《なこうど》の三船さんになだめられている。姉は来年の一月が出産予定でお腹も大きいのだが、和樹義兄《にい》さんとともに英語の通訳なら任せなさいと張り切っている。

父だけはのんびりとしているが、その落ち着きが頼もしく感じられると章太郎さんは言う。父と話をすると、明るく楽しい気分になるそうだ。意外だけれど、父と章太郎さんは相性が良いらしく、娘としては素直に嬉しい。

職場にも結婚すると報告した。支店長は心の底から安堵《あんど》した顔で、おめでとうと言ってくれた。加奈子さんも披露宴に出席してくれる。『初めてのオトコと結婚するのも素敵よね〜』と、不器用な私の恋愛にもロマンを感じているようだった。

そして、私がいろいろと迷惑をかけたはずの伊藤さんが、お祝い会の幹事をしてくれたのには驚いた。これからもトモミ珈琲で働き続ける私に活を入れるためだと言うけれど、泣きたいほどありがたかった。

カフェ・フォレストの峰店長にも、章太郎さんと二人で報告した。店長が『良かった、良かった』と、にこやかに差し出したハウスブレンドを、章太郎さんは余裕で味わう。自慢げに二杯目を注文する章太郎さんがなんだかとっても可愛《かわい》くて、店長とともに温かい気持ちで見守っていた。

一年前の私なら、この状況は想像もできず、あり得ないと思うだろう。

でも、今の自分は信じられる。この幸せを、大切に育てていきたい。これから、もっともっと育てていきたいと思う。

「さあ、上がってください織江さん」

「うふふ。これ、まずはお仏壇《ぶつだん》に」

「おっ、いいねえ、富有柿《ふゆうがき》。そうか、もうそんな時期なんだな」

「季節が巡りました」

「そうか」

一年前もそうだった。

私は仏間に通されて、ぴかぴかの仏壇に手を合わせ、章太郎さんの祖父母の遺影を見上げたのだ。

（ありがとうございます）

お線香をあげて、ご先祖様に感謝した。章太郎さんは私の様子を黙って見つめていたが、不意に引き寄せると、腕の中に収めた。

「章太郎さん？」

「初めて織江が来てくれたあの日、祖父《じい》ちゃん、祖母《ばあ》ちゃんに報告してたんだ。俺がずっと探していた女性を見つけました。今夜、祖父ちゃん達に紹介します。俺はもう独りじゃありません、安心してください、と」

私は胸が痛んだ。そうだったのだ。あの日、章太郎さんは私が進んで浦島家にやって来たと思って、喜んでくれていたのだ。それなのに、私は……

「ごめんなさい」

「違うよ、織江」

私の顔を上げさせると、そっとキスをした。

「すんなり口説《くど》けなくて良かった。だからこそ、この幸せを実感できると思わないか？そばに居るだけで、微笑《ほほえ》んでくれるだけで俺を幸せにしてくれる、君の何もかもが愛おしいと」

ある日突然の彼との出会い、驚きのキス、積み重ねた稽古、そして、愛し合った一年。

「よし、今夜は特別に教えてやろう。大好きな君に、じっくりとね」

「え？　きゃっ」

横抱きにされて、宙に浮かんだ。思わず首にしがみ付くけれど、それもいつもの作戦どおり。

「でも、あの、お稽古は」

「今、君が望むのはそれか？」

「うっ」

にやりとする、そんな表情にも弱いのをこの人は知っている。

「……お願いします」

「よろしい」

彼の想いで私は変わる。彼の腕のなか、香りのなかで、これからも素敵に変化するだろう。

新しい一年、そして二人の未来へと、章太郎さんが連れて行ってくれる。

# 蜜月はマイクロビキニで

今日は章太郎さんとデートの日。

なんて、それは気分的なもので、実は結婚に向けての打ち合わせである。

章太郎さんの両親に結婚を許されてから、彼はどんどん話を進めようとしている。もちろん私も早く結婚したいけれど、事務的な打ち合わせばかりでなく、たまには純粋にデートを楽しみたいと望んでしまう。

「そんなの、贅沢《ぜいたく》だよね」

玄関の軒下《のきした》に入って傘を閉じると、呼び鈴を鳴らした。章太郎さんはいつものようにすぐ引き戸を開けて、梅雨《つゆ》空も晴れそうな笑顔で迎えてくれる。

「おはよう、織江。雨の中大変だったね」

ああ、なんて素敵なんだろう。私はこの人と結婚できるのだ。

顔を見た瞬間に不満はすべて霧消して、ただただぼーっと見惚《みと》れてしまう。家に上がり、手を繋《つな》いで廊下を歩くだけでも、どきどきが止まらない。

章太郎さんのためならば、どんなことでもできそうな気がする。それくらい夢中になっている。

「で、式の日取りなんだが、十二月後半はシアトル組の繁忙期《はんぼうき》だから、それ以前を希望してる。野々宮家はどうだった？」

「はい、両親に訊《き》いてみたら、気候的にも秋がいいんじゃないかと」

「それなら十一月辺りがいいかな。式場と打ち合わせて、空いてる日に予約を入れよう」

予定表に書き込まれていく具体的な数字。今はまだ六月だけど、夏が過ぎればもう秋。きっとあっという間だ。

「ところで織江、ひとつ提案があるんだけど」

「はい」

スケジュール帳を閉じて、章太郎さんがじっと見つめてくる。結婚式の打ち合わせとは関係ないことだろうか。

「ハネムーンは南の島がいいと思わないか？」

口元が緩み、スケベそうな顔つきになった。その表情は唐突に出されたハネムーンという言葉とともに、私をどきっとさせる。

「南の島、ですか？」

「そう。せっかくだからね」

彼はいたずらっぽく笑うと、座卓の下から風呂敷包みを取り出して私の前に置いた。

「何ですか？」

彼は答えず、結び目を解いて広げてみせる。私は中に入っていたものを見て、思わず声を上げてしまった。

「しょ、章太郎さん。これって」

ゴールデンウィークに出掛けた海辺のリゾートホテル。そこで彼が買ってくれた、白のマイクロビキニだった。

「忘れてたのか」

「う……」

はっきり言ってそのとおり。あの旅行は大切な思い出だけど、この水着に関してはすっかり記憶から抜け落ちていた。

「ひどいなあ。せっかく君のために選んだのに」

さっきもせっかくと言った。ハネムーンは南の島がいいと口にしたのは、もしかしてこのため？

「いやです」

「どうして」

「どうしてって……だから私は、こういう水着は似合わないし。とにかく着ませんっ」

不思議そうな顔をする章太郎さんに、私のほうが首を傾《かし》げてしまう。リゾートホテルでのやり取りを忘れてしまったのだろうか。

「サイズも合ってるし、織江らしい純白だぞ。俺の見立てを信じろ」

「そういう問題じゃなくって。それに、いいんですか？　この格好《かっこう》を他の男の人に見られても」

「ん？」

章太郎さんはしばし考えていたが、ようやく私が嫌がる理由に思い至ったようで、納得の表情になる。でも、膝を詰めて来るのはなぜ？

「これくらいの水着、海外のビーチなら普通だよ。じろじろ見てくるような奴はいない。だから勧めてるんだ」

実際のところはどうなのかよく分からないけど、それなら尚更《なおさら》いやだ。スタイル抜群の南国美人があふれる中、私がそんな格好をするのは別の意味で恥ずかしすぎる。

「何なら今着てみるか？　どうってことないぞ」

口調は大真面目《まじめ》なくせに、でれでれとしたスケベ顔。章太郎さんは素敵な人だけれど、こんなところが困ってしまう。半分からかっているのだ。

こうなったら正直に言ってしまおう。怒るかもしれないけれど。

「そうじゃなくって、章太郎さんにも見られるのがいやなんですっ」

目をぱちくりとさせている。ちょっとストレートに言いすぎたかもしれない。だけどこれは本当のことだ。

「俺にもって……俺になら良い、の間違いじゃないのか」

「いいえ」

マイクロビキニを着た私に、この人がどんな反応をするのか、どんな目で眺め回してくるのか予測できるから絶対にイヤ。章太郎さんの前では、いっそ裸になったほうがマシなのだ。

「ふうん、そう」

ため息を吐《つ》くと、風呂敷に水着を包み直して座卓の下に戻した。分かってくれたのかな？と思って見上げると、意外なほどしょんぼりしている。

「勝手なことを提案してすまなかった。南の島は諦めることにする」

寂しそうに笑うので心が痛むけど、そこまでマイクロビキニを着て欲しかったのかと思うとちょっぴりおかしい。男の人ってしょうがないんだなあと、可愛《かわい》くなってしまった。

「ごめんなさい」

「いいんだ」

別のプランを考えておくよと、章太郎さんは頭を切り替えてくれた。残念がってはいても、不機嫌になったわけではないようで、すぐにいつもの態度に戻ってくれた。

でも、私は分かっていなかったのだ。

章太郎さんが簡単に諦めるような人ではないと知っていたはずなのに……

半月が過ぎて梅雨《つゆ》が明けた頃。結婚式の日取りも式場も決まり、万事順調に進んでいる。

章太郎さんが次のプランを提案してきたのはそんな日々の最中だった。

お茶の稽古を終えて、いつものように私を抱き寄せつつ章太郎さんが切り出した。

「ハネムーンのことだが、山に行かないか」

「山？」

南の島から山へとは、それはまた極端な選択だ。

「カナダにお勧めの場所があるんだ」

「あ……」

「そう、シアトル経由で旅行することに決めただろ？　バンクーバーやウィスラーなら近いし、どちらも良いところだよ」

それは私のための提案だった。章太郎さんの両親が住むシアトルに一度行ってみたいが、なかなか時間が取れず実現できない。そこで、ハネムーンで立ち寄りたいと、私が希望していたのだ。

「賛成です。ありがとう、章太郎さん」

「どう致しまして」

頬にキスをしてくれた。彼もすごく嬉しそう。

それに山ということはもう、例の水着は不要である。こんなにご機嫌なのはすっかり忘れてくれた証拠であり、私は内心ほっとした。

「ウィスラー・ブラッコムはスキーリゾートだ。海外ならではの雄大な景色を眺めたり、ビレッジで買い物や食事をして過ごすのもいい。スキーに挑戦するなら俺が教えるよ」

「楽しそうですね！」

「俺が勧めるホテルはリラクゼーション施設が充実してるんだ。フィットネスや本格的なスパエステも体験できるぞ。日程を大きく取ればのんびりできるだろう」

聞いているだけでわくわくする。普段は忙しくて、ゆっくりデートもできないけれど、我慢したぶん大きなご褒美《ほうび》をもらえる。

章太郎さんって本当に、神様みたいな人だ。

「それに、なんと言っても客室が素晴らしい。各部屋にジャグジーが設置されてるんだ」

「ジャグジーって、あの、ジェット式の泡立つお風呂ですか？」

見上げると、いかにも満足そうに微笑《ほほえ》んでいる。というより、にやけてる？

「あの……章太郎さん？」

「ただのジャグジーならどうってことはない。面白いことに、バスルームではなく寝室の一角に設けられてる。ドアも仕切りも無く、まるで大きな水槽が置いてあるみたいにね」

「寝室で……ジャグジーですか」

よく分からず首をひねる私に、章太郎さんはますます目尻を垂らして言った。

「俺がこう、ベッドで寛《くつろ》いでる横でね、君がジャグジーを使う。素っ裸では恥ずかしいだろうから、ちゃんと水着を着て」

「……え」

ま、まさか――

忘れられたはずの単語が思わぬところで飛び出し、私は激しく動揺する。

「諦めたのは南の島で、アレじゃない」

彼が示す視線の先を恐る恐る目で追った。

続き間の奥、純白のマイクロビキニが風呂敷の上にきちんとたたまれているのが見える。

「しょ、章太郎さん」

腰をがっちりと押さえられて動けない。もう逃げ場は無いのだと身体に直接伝えているのだ。

「諦めろ、織江。これでもずいぶん譲歩してるんだぞ」

「でも、こんなのって」

「シアトルの親には日程を伝えてあるから、変更はできないなあ」

「なっ」

どこが譲歩？　無理やり決定ではないか。しかも、山だなんてカムフラージュして油断させて、両親まで利用して。まったく呆《あき》れてしまう。

「酷《ひど》いです、大人気《おとなげ》ないです……って、もう、どうしてそんなにアレを着せたがるの？」

「君こそどうしてそんなにいやがるんだ。俺を愛してないのか？」

「それとこれとは違いますっ」

章太郎さんはとろんとした目つきになり、私の腰を撫《な》で擦《さす》る。こうなったらもう章太郎さんのペースで、最後まで離してくれないだろう。

「俺だったら、もし君が望むならブーメランだろうがTバックだろうが着てみせるぞ。何なら褌《ふんどし》だってOKだ」

「ふっ、ふんど……そんなの、別に望みませんっ」

「俺を愛してる？」

返事をする前に唇を塞《ふさ》がれる。ねだるようなキスを繰り返され、抵抗する腕からも力が抜けてしまう。なんて我侭《わがまま》な神様だろう。

「一生のお願いだ、織江」

「だって、私の水着姿なんて……拘《こだわ》るなんてヘンです」

お尻を愛撫する手を止めて、真顔で私を見つめた。

「それはだな」

「はい」

「……君に、甘えてるんだ」

それはもう、ほとんど少年の告白だった。私の中の、母性本能のようなものに訴える、とてもずるくて魅力的な愛情の〝おねだり〟。

この人には敵わない。

「分かりました……でもその代わり、今度デートしてくださいね。打ち合わせとかじゃなくって、純粋に……」

もう一度唇を塞《ふさ》がれ、めいっぱいの愛情を注がれる。

蜜月《みつげつ》はマイクロビキニで――

なんだか可愛《かわい》くて愛しくて、神様を許してしまう私だった。

書き下ろし番外編

# partner

「織江、そろそろ出掛けるぞ」

「はーい」

章太郎さんの声に返事をすると、バッグとスマホを持って部屋を出た
（えーと、お姉ちゃんにメールしておこう。今から出発します。予定どおり十時に到着します……と）

送信後、画像ファイルを開いて和香《わか》の写真を見てみる。

「かっ、可愛《かわい》い。何度見ても可愛い～」

姉夫婦に子供が生まれた。予定日ぴったりの一月二十日に産声をあげた赤ちゃんは彼らの長女であり、私と章太郎さんにとっては初めての姪っ子だ。

写真は新米パパの和樹義兄《にい》さんが出産直後に撮影したもの。くたびれながらも幸せそうな姉陽子の隣で、和香はすやすやと眠っている。

（生まれて二週間か。産院ではちょっとしか会えなかったから、今日はホント楽しみ）

玄関を出ると、冬の陽射しが穏やかに降り注ぐ。先週は雪が舞う寒さだったけれど、今日は暖かな日曜日になりそうだ。

「ほら、足元に気をつけて。転ばないように」

外で待っていた章太郎さんが私の手を取り、支えてくれた。

「大丈夫ですよ。ぺたんこの靴を履いてるし」

「いや、君は案外そそっかしいからね。いっそのこと、おんぶしてやりたいくらいだ」

冗談めかすが、目は真剣である。その瞳には既に保護者としての愛情が宿っていて、何だか面映ゆい。

「今からそんなんじゃ章太郎さんのほうが心配です。いざその時になったら、私より取り乱したりして」

「ははは。そうかもしれない」

豪快に笑うところが彼らしい。でも、やっぱり照れくさいらしく、着物の襟を直す仕草もぎこちない。

門の前に車が回されていた。豪快ボディーのアメリカン・マッスルカーはぴかぴかに磨き上げられ、誇らしげに光っている。

「寒くないか？　暖かいからといって薄着しないようにな」

「ちゃんと着込んでますよ。章太郎さんこそ、頑丈だからといって油断しないでくださいね」

「おっ、言うねえ。織江も強くなったもんだ」

車のドアを開けてくれながら、私のお尻をぽんと叩いた。

「あっ、エッチ」

「何を今さら。それに、これでも禁欲してるんだぞ」

ゆったりとしたシートに座ると、章太郎さんがシートベルトを締めてくれた。

「自分でやりますよ」

「いいの。君は毎日仕事してるんだ。今日ぐらいサービスさせてくれ」

目が合うと、ちゅっとキスをした。ほんの一瞬を狙った行為に、びっくりする。

「も、もう」

「なんだ、もっと濃厚なやつがいい？」

にやりとする顔はイヤらしい。私はドキドキしながらも、同じようにお返しした。

「おお、また一本取られた。母は強しだなあ」

目尻を垂らすと、大きな手で私のお腹を撫でた。優しくて、イヤらしさがまったく感じられない手つきに私も微笑んでしまう。

「お姉さんに続き、君もお母さんになるんだね」

「はい。章太郎さんも、お父さんですよ」

彼の手に、私は両手を重ねた。この中に新しい命が宿っている。

先月、月のものが来ないのでもしやと思い、用意しておいた妊娠検査薬で確認してみた。棒状の検査薬の窓に赤いラインが出たら陽性である。

章太郎さんと固唾《かたず》を呑んで見守っていると、うっすらと反応が浮かび上がってきた。

『織江……やったぞ』

『うん、章太郎さん』

私達は畳の上に置いた検査薬を一心に見つめた。しばらく口もきけず、深く静かな感動に身を委ねる。

『織江！』

『は、はいっ』

章太郎さんはいきなり私を抱き締めると、大きな身体を震わせた。耳元で鼻をすする音がして、泣いているのだと気付く。

『章太郎さん？』

『ありがとう。本当に……』

いつもどっしりとして落ち着いた風情なのに、私の前では時々子供に返ってしまう。

こんなところが愛しくて堪らない。

涙ぐんでいる八つ年上の夫を、私も抱き締めてあげた。

翌日、産婦人科に行くと、超音波《エコー》ではまだ確認できないので一週間後に再受診するようにと言われた。

そして私達は落ち着かない七日間を過ごし、二度目の受診でようやく小さな存在を確かめたのだ。

「家族が増えるんだなあ」

姉夫婦のマンションへと車を走らせながら、章太郎さんは感慨深げに呟く。私はその横顔を見つめ、これまでの彼の暮らしをあらためて思った。

章太郎さんが高校生の頃、彼の両親は渡米した。母親の実家が経営する会社を継ぐためである。章太郎さんは茶道の師である祖父の跡を継ぐため日本に残った。

古くて広い屋敷に二人きり暮らしてきた祖父も二年前の春に他界。彼は独りになり、茶華道《さかどう》教室を続けながら生活をしていた。そんな中私と縁を結び、こうして家族となったのだ。

「決して寂しくはなかったけれど、祖父《じい》ちゃんは俺が独りになるのをすごく心配してたからな。草葉の陰で喜んでくれてるよ」

一緒に暮らす家族が増える。彼は今、その喜びを噛み締めているのだ。

「それにしても、君は仕事を続けても大丈夫かな」

「同僚の加奈子さんが経験者だから、何か困ったことがあれば相談しなさいって。産休のことも教えてくれました」

「そうか、頼もしい先輩がいるな。でも、無理はするなよ」

章太郎さんのことだから、会社に送り迎えするなどと言い出しかねない。でも、身体を気遣ってくれる、その気持ちはとても嬉しい。

「ところで織江、お姉さんのところは女の子だけど、我が家はどうだろうね」

私のお腹をちらりと見て、楽しそうな顔をする。

「さあ……そればっかりは、もう少し大きくならないと」

姉の場合、六か月で性別が分かったそうだ。

「織江はどっちがいい？」

「うーん。まだそこまで考えてないなあ。章太郎さんは？」

「そうだな。俺はどちらでもいいけど……」

左手にドラッグストアが見えてきた。私は姉に紙オムツを買うよう頼まれていたのを思い出し、章太郎さんに告げた。彼は何か言おうとするのを止めるとスピードを緩め、ウインカーを出して駐車場に入った。

「どちらでもいいけど？」

エンジンを切ったところでさっきの続きを促すと、章太郎さんは前髪をかき上げ、ちょっと困ったような表情《かお》になる。

「いや、まずは買い物しようか」

答えを濁《にご》すと、車を降りてしまった。何か言いかけて止めるなんて珍しいことだ。

(どうしたんだろ)

まっすぐな後ろ姿について行きながら、私は何となく首を傾げた。

姉に指定されたメーカーの紙オムツはすぐに見つかった。章太郎さんは二袋を両手に提げると、「結構重いんだな」と驚いている。

「他に買うものは？　ついでだから陽子さんに訊《き》いてみなさい」

「あ、はい」

私は通路の端に寄り、スマホを取り出して姉に電話を掛けた。章太郎さんは赤ちゃん用品が並ぶ棚を興味深げに眺めている。

『あれっ、織江。もう着いたの？』

姉のはきはきとした声が聞こえてきた。

「ううん。今、国道沿いのドラッグストアにいるんだけど、オムツの他に何か要るものはないかなあって電話したの」

『あら、気が利くじゃない。さすが章太郎さん』

「う……」

二十五年間、私の姉をやっているだけある。すべてお見通しだ。

『お気遣いありがとう。でも、大丈夫よ。買い物はパパがせっせとやってくれるから。ね、あなた』

和樹さんが近くにいるのか、声を掛けた。後ろから和香の泣き声が聞こえるので、あやしているのかもしれない。

『可愛《かわい》い娘のためなら何でもしてくれるの。ほんと、男親って馬鹿よねえ』

「はあ」

どういう意味なのか、よく分からない。とりあえず、和樹さんがますます姉の尻に敷かれているのは間違いないようだ。

『あんたも女の子を産めば実感するよ』

「そうなの？」

『それじゃ、待ってるわね。転ばないように、気をつけて来なさいよ』

ブツッと通話は切られた。相変わらずパワフルかつ一方的なトークであるが、世話焼きな感じが実家の母に似てきた気がする。

「リクエストはあった？」

いつの間にか章太郎さんが横に来ていた。

「あ、ううん。とりあえず今はオムツだけでいいみたい。あとは和樹さんが買い物してくれるとか」

「ほう」

章太郎さんは面白そうに笑うがコメントせず、オムツを持ち直すとレジに歩く。

勘のいい人だから、何か察したのだろう。

私はそれを知りたくて、車に乗り込むと話を続けた。

「それと、お姉ちゃんがこんなことを言いました」

「うん？」

車は再び国道を走り出す。姉夫婦のマンションにはあと十分ほどで到着する。

「えっと、『男親って馬鹿よねえ』とか、『あんたも女の子を産めば実感するよ』とか」

赤ちゃんの性別に関する話題なので、さっきの続きみたいなものだ。章太郎さんはうんうんと頷いている。

「なるほどねえ。陽子さんは相変わらずはっきりしてるな」

納得顔の章太郎さんを、不思議に思いながらじっと見つめた。

交差点で信号待ちになり、彼は私の視線に気付くと、いきなり笑い出した。

「う……くくっ。わははは」

「ど、どうしたの？」

「いやー、和樹さんの気持ちが手に取るようだ。俺にはね」

「え？」

何がなんだか分からない。和樹さんの気持ちをなぜ章太郎さんが？　超能力でも使ったのだろうか、それとも……

信号が青に変わると、章太郎さんはゆっくりアクセルを踏んだ。私と私のお腹に刺激を与えないようにと、気をつけている。

「あっ、もしかして」

鈍い私でも閃《ひらめ》いた。男親といえば、章太郎さんもそうである。

マンションへの道を右折すると、住宅が並ぶ通りを進んだ。章太郎さんは周囲に目を配りながら、前の話題に戻して答えをくれる。

「俺は、赤ちゃんが男でも女でもどちらでも構わない。ただ、もし女の子だった場合、そのうちヨメに行くかと想像すると寂しくて、ちょっと泣けるね」

「ええ？　ヨメって、まだ生まれてもいないのに……」

私は呆れるが、驚いたことに彼は本気である。目が潤んでいるように見えるのは気のせいではない。

「可愛《かわい》くて仕方ないんだろうな」

――ほんと、男親って馬鹿よねえ。

なるほどこういうことなのね。姉の発言の意味を、ちょっとだけ実感できた。

マンション前のパーキングに車を停めると、章太郎さんはシートベルトを外し、袂《たもと》からハンカチを取り出して目もとを拭う。

私は掛ける言葉が見つからず、お腹にそっと手をあてた。

「でもな、それは親の勝手な思い込みだ」

ハンカチを仕舞うと、章太郎さんは私を見つめた。

「俺の親父みたいに妻の実家に入る男もいるし、性別に関係なく子供は巣立つものだ。だから……」

熱心な眼差しにときめきを覚える。薄茶色の瞳には愛情が宿るが、それは保護者としてのものではない。

「娘であれ、息子であれ、心から愛する伴侶《パートナー》に出会うことを願うよ。俺にとっての、君のような人に」

「章太郎さん」

指先で私の頬を撫で、顎を支える。身体ごと近付いて、彼の唇が触れようとした。

コツコツ――

助手席のガラスを叩く音。私と章太郎さんはパッと離れ、そのほうへ見向く。

「お、お姉ちゃん！」

知らぬ間に、姉が車の横に立っていた。章太郎さんが慌てて窓を下げると、腰を屈めて覗き込んだ。

「いらっしゃい、お二人さん。仲が良いのは結構だけど、ウチの近所でいちゃつかれたら困るのよねえ」

「い、いちゃついたわけじゃ……」

「ふふん、しょうがないか。あんた達はラップラブの新婚さんだし」

姉らしい絡み方だが、いやに棘《とげ》があるような。私達はとにかく車を降りることにする。

「章太郎さんは織江が大好きだものね。今は夫婦二人暮らしだから……」

姉はふいと横を向いた。

章太郎さんは私と顔を見合わせると、にこりとして片目をつむってみせる。

「陽子さんもそうでしょう。旦那さんとラップラブだ」

「はあ？　どこが」

姉は不機嫌な顔をした。今日はきれいに化粧しているが、よく見ると目の下が黒くなっている。

「和樹さんが和香ちゃんを世話するのは、娘可愛《かわい》さだけじゃありません。相変わらず男心が分かってないなあ」

「何ですって」

私は二人に挟まれ、ハラハラしている。章太郎さんと姉は似た者同士で気が合う反面、ややもすると無遠慮になってしまうのだ。

「それ、どういう意味？」

「出産育児は大仕事です。和樹さんはあなたの傍でよーく見てるってこと」

「……え」

章太郎さんは車の後部ドアを開けてオムツの袋を出した。

「結構重いですね。赤ちゃん用品の買い出しも大変だ」

「そうよ、オムツなんてすぐ使い切っちゃうし……」

姉が持とうとしたが、彼はやんわりと断る。

「和香ちゃんは可愛《かわい》い娘。でも、和樹さんの愛する女性《パートナー》はただ一人、陽子さんだけです」

「な……」

姉は赤くなるが、怒ったのではない。この顔はむしろ、激しく照れている。二十五年間妹をやっている私にはお見通しだ。

「もっ、もう行くわよ。お茶の用意しなくちゃ」

「ありがとう、お姉ちゃん」

「おじゃまします、お義姉《ねえ》さん」

「うう、寒いっ。エントランスで待ってるからね！」

姉は先に行ってしまった。

「そういうことだったんですね。和樹さんってば、もう少し言葉を足せばいいのに」

「ふふ……愛情にはいろんな形があるんだよ」

「ん……」

それなら、章太郎さんの愛情はストレート形だ。住宅街の真ん中で、オムツを両手にキスするなんて、なかなかできない。

「さ、荷物はこっちに寄越して、俺に掴まれ」

「大丈夫です。バッグなんて軽いもの」

「ダメダメ。箸より重いものは持たせないよ」

赤ちゃんのために、そして私のために。

暖かな陽射しのように、たくさんの愛情を注いでくれる。

章太郎さんは最高のパートナー。

世界で一番、愛しています。

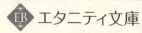

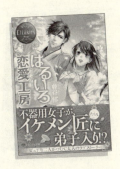

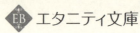

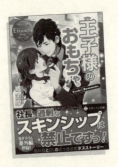

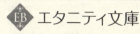

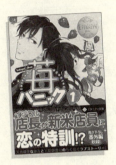

本書は、2013年6月当社より単行本として刊行されたものに書き下ろしを加えて文庫化したものです。

エタニティ文庫

私《わたし》好《ごの》みの貴方《あなた》でございます。

藤谷郁《ふじたにいく》

2015年1月15日初版発行

文庫編集－橋本奈美子・羽藤瞳
編集長－塙綾子
発行者－梶本雄介
発行所－株式会社アルファポリス
〒150-6005 東京都渋谷区恵比寿4-20-3 恵比寿ｶﾞｰﾃﾞﾝﾌﾟﾚｲｽﾀﾜｰ5階
TEL 03-6277-1601（営業） 03-6277-1602（編集）
URL http://www.alphapolis.co.jp/
発売元－株式会社星雲社
〒112-0012東京都文京区大塚3-21-10
TEL 03-3947-1021
装丁イラスト－澄
装丁デザイン－ansyyqdesign
印刷－株式会社暁印刷

価格はカバーに表示されてあります。
落丁乱丁の場合はアルファポリスまでご連絡ください。
送料は小社負担でお取り替えします。

ISBN978-4-434-20087-8 C0193